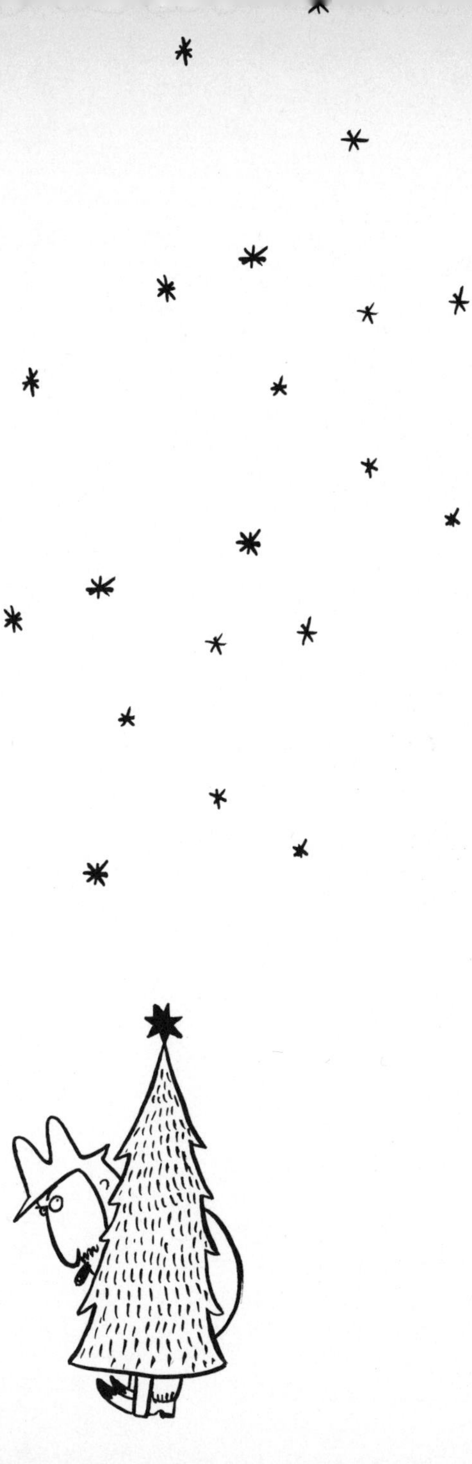

rororo

## Lilli Thal

hatte zu ihrem Leidwesen in ihrem reizenden kleinen Heimatstädtchen bisher niemals persönlichen Kontakt zur örtlichen Polizei – dennoch ist ihre Verehrung für Polizeikommissare und deren Assistenten ungebrochen.

## Franziska Biermann

wurde 1970 in Bielefeld geboren. 1992 begann sie ihr Studium an der Fachhochschule für Gestaltung mit dem Schwerpunkt «Kinderbuchillustration». Seit 1996 arbeitet sie als Grafikerin und Illustratorin für diverse Verlage und Zeitschriften.
Veröffentlichungen: *Das Glücksbuch*, Rotfuchs 20949; *Herr Fuchs mag Bücher!*, Rotfuchs 21149; *Zwei Freundinnen packen aus*, zusammen mit Antje von Stemm, Beltz & Gelberg

Bereits erschienen:
*Kommissar Pillermeier*, Rotfuchs 21158

Lilli Thal

# Kommissar Pillermeier

## und die falschen Weihnachtsmänner

Mit Bildern von
Franziska Biermann

Rowohlt Taschenbuch Verlag

**Lektorat Susanne Koppe**

Originalausgabe
Veröffentlicht im Rowohlt Taschenbuch
Verlag GmbH, Reinbek bei Hamburg,
November 2001

Umschlagillustration und Typographie
Franziska Biermann
Umschlaggestaltung Barbara Hanke
Layout Christina Modi
Herstellung Christine Lohmann
Gesamtherstellung Clausen & Bosse, Leck
Printed in Germany
ISBN 3 499 21172 6

Die Schreibweise entspricht den Regeln
der neuen Rechtschreibung.

# Inhalt

STÄDTISCHE POLIZEIWACHE
KRAM

## Weihnachtsfreuden

«Ist es nicht romantisch, Herr Kommissar?», fragte Polizeiassistent Flotthammer andächtig. «So stelle ich mir Weihnachten vor!»

Am frühen Morgen bereits hatte es zu schneien begonnen: Ganz sachte zunächst, doch jetzt am Nachmittag tanzten dicke weiße Flocken vor dem Fenster der Polizeiwache. Auf der Scheibe bildeten die Kristalle ein hauchzartes Spitzenmuster.

Kommissar Pillermeier warf einen kurzen Blick aus dem Fenster. «Schnee», brummte er. «Gefrorenes Schmutzwasser. Möchte bloß wissen, was daran romantisch sein soll. Nur gut», mit diesen Worten zog er eine große Pappschachtel unter seinem Schreibtisch hervor, «dass ich beizeiten für echte Weihnachtsromantik gesorgt habe. Rudolf, packen Sie aus!»

«Firma Gabriel Erzinger – Weihnachtsdekorationen für die Polizeiwache» stand auf dem Deckel der Schachtel, aus der Rudolf Flotthammer nun nacheinander hundert Miniaturblaulichter, fünfzig vergoldete Pistolenkugeln, zwanzig metallic rote Handschellen, zehn Sheriffsterne, drei große Sträflingskugeln und diverse Ketten holte. Unten auf dem Kistenboden fand er noch eine Schallplatte: «*Ich lag in schweren Banden.* Der Gefangenenchor des Zuchthauses St. Quintin singt die schönsten Weihnachtslieder».

«Sehen Sie, Rudolf», mit leuchtenden Augen betrachtete der Kommissar sein Weihnachtssortiment, «das nenne *ich* die Zutaten für eine stimmungsvolle Polizeiweihnacht. Legen Sie die Schallplatte nur gleich auf», wies er seinen Assistenten an, «und kochen Sie mir ein Tässchen Adventstee dazu!»

«Kling, Glöckchen, klingelingeling», klang es aus hundert rauen Sträflingskehlen. Die herrlichen Weisen und der Duft von Rudolfs Tee – passend zur Jahreszeit eine Mischung aus Apfel, Lametta und Nelken – versetzten den Kommissar in weihnachtliche Hochstimmung. «Lasst mich nicht erfriiiiiiee-eeren!», sang er in den höchsten Tönen, während er gleichzeitig sein Polizeichefmagazin aufschlug und den interessanten Artikel «Wir bauen uns einen Lügendetektor. Folge vier: Das Anlöten der Drähte» studierte.

«Das wird eine großartige Sache, Rudolf», erklärte er. «Nur noch zwanzig Folgen und mein Lügendetektor funktioniert.»

Stolz hielt er ein merkwürdiges Konstrukt aus einem Eierkarton und vielen bunten Drähten in die Höhe. «Eine knifflige Bastelei», betonte er, als er nach dem Lötkolben griff. «Dafür braucht man eine absolut ruhige Hand.»

Assistent Flotthammer machte sich daran, den großen Kaktus auf der Fensterbank mit Sheriffsternen und Handschellen zu schmücken. Eine Zeit lang arbeiteten beide Polizisten schweigend – bis Rudolf plötzlich aufblickte.

«Herr Kommissar, wissen Sie, was wir vergessen haben?»

«Nein, Rudolf.» Mit höchster Konzentration lötete Kommissar Pillermeier einen hauchfeinen Draht an den Lügendetektor. «Was denn?»

«Das Weihnachtsgeschenk für Polizeioberrat Grantheimer.»

Wie von der Tarantel gestochen fuhr der Kommissar in die Höhe. Im nächsten Augenblick gab es eine Rauchwolke und der Eierkarton war zu einer schwärzlichen Masse zusammengeschrumpelt.

«Ist Ihnen klar, was Sie soeben angerichtet haben?» Drohend richtete der Kommissar den Lötkolben auf seinen Assistenten. «Sie haben mich auf Folge eins, ‹Beschaffen Sie sich einen Eierkarton›, zurückgeworfen.»

«War keine Absicht, Herr Kommissar», murmelte Rudolf mit angemessener Zerknirschung.

Wütend feuerte Kommissar Pillermeier den schwarzen Lügendetektorklumpen in den Papierkorb. «Geschenkekauf ist Aufgabe des Polizeiassistenten», knurrte er.

«Sie haben keine diesbezüglichen Anweisungen gegeben», verteidigte sich Rudolf.

«Muss ich mich denn um alles selbst kümmern?», fragte Kommissar Pillermeier aufgebracht. «*Mitdenken*, Assistent Flotthammer, zeichnet jeden guten Untergebenen aus.» Mittlerweile war seine gute Laune restlos verflogen. «Zwei Tage bis zum Heiligen Abend», sagte er mit finsterer Miene, «und wir brauchen noch ein Geschenk. Der alte Grantheimer wartet doch nur auf einen Grund, uns noch länger in diesem Kaff schmoren zu lassen!» Er seufzte tief. «Wie lange müssen wir noch in der Verbannung bleiben?»

Assistent Flotthammer, der diese Frage dreimal täglich beantworten musste, warf einen schnellen Kontrollblick auf die Strichliste, die an der Wand hing.

«Exakt 770 Tage, Herr Kommissar», verkündete er. «Dann dürfen wir zurück in die Großstadt. Aber nur, wenn wir uns keine weiteren Strafpunkte einhandeln.»

«Genau deshalb brauchen wir ein Geschenk für den Alten.» Über den Kaktus hinweg blickte Kommissar Pillermeier seinen Assistenten bedeutungsvoll an. «Kleine Geschenke erhalten die Freundschaft. Nicht wahr, Rudolf?»

Merkwürdigerweise fiel Assistent Flotthammer genau in diesem Moment ein, dass er für seinen Chef ebenfalls noch kein Weihnachtsgeschenk besorgt hatte. «Pralinen», schoss es durch seinen Kopf. «Der Kommissar liebt Pralinen.»

«Fehlt nur noch die passende Geschenkidee», grübelte Kommissar Pillermeier laut. «Auf gar keinen Fall darf es etwas Gewöhnliches sein. So etwas wie die übliche Pralinenschachtel! Die schenken alle Möchtegern-Emporkömmlinge ihren Vorgesetzten.»

Rudolf Flotthammer zuckte zusammen. «Worüber», fragte er betont unauffällig, «würden denn Sie sich zum Beispiel freuen, Herr Kommissar?»

«Über einen neuen Eierkarton», sagte der Kommissar giftig, und Rudolf wagte nicht weiterzufragen.

Kommissar Pillermeier war in seinen Gedanken auch schon wieder einen Schritt voraus. «Das Weihnachtsgeschenk für den Polizeioberrat ist eine höchst delikate Angelegenheit», beschloss er. «Ich werde mich wohl selbst darum kümmern müssen. Rudolf, für den morgigen Tag beraume ich einen dienstlichen Stadtbummel an.»

Pflichtbewusst kritzelte Assistent Flotthammer eine Notiz in den Terminkalender. «In Ordnung, Herr Kommissar.»

«Morgen, Kinder, wird's was geben», sang der Sträflingschor auf der Schallplatte.

«Morgen, Kinder, wird's was geben» spielten auch die großen Plastikelche, die Sven von Elch vor seinem Möbelhaus aufgestellt hatte. «Ich steh an deiner Krippen hier», beteuerten Dutzende von Keramik-Weihnachtswichteln in einem Regal vor dem Spielwarenladen, und im Supermarkt forderte der Lautsprecher «Kommet, ihr Hirten», obwohl im ganzen Städtchen bekanntermaßen kein einziger Hirte wohnte. «Vom Himmel hoch, da komm ich her!», behauptete eisern der städtische Männergesangverein am Marktplatz und ließ sich auch vom «Still, still, still» des benachbarten Damenliederkranzes nicht davon abbringen.

An allen Ecken und Enden sang und klang es wundersam, durch die Straßen zog ein Duft nach Punsch und Lebkuchen, dazu der frische Schnee, der das kleine Städtchen in eine wahre Schneekugelidylle verwandelte: Kein Wunder, dass die Herzen der Menschen voll Freude waren. Die Kinder freuten sich auf Weihnachten und auf die Geschenke, die Geschäftsleute freuten sich über die dicken Geldbündel in ihren Ladenkassen, und alle Bewohner des Städtchens freuten sich auf den Ladenschluss: Denn dann wurden Elche und Wichtel ausgeschaltet und die Chöre gingen nach Hause.

So gab es Weihnachtsfreude überall – auch an Orten, wo niemand sie vermutete.

In einem stattlichen Fachwerkhaus am Marktplatz gab es eine medizinische Praxis der ganz besonderen Art. «Toni Morona, staatlich geprüfter Amputeur. Alle Gliedmaßen» gab ein verschnörkelter Schriftzug auf einem Messingschild bekannt. «Termine nach Vereinbarung».

Seltsamerweise vereinbarte kein Mensch je einen Termin. Und so ahnte auch niemand, was sich in Wirklichkeit hinter dem Schild verbarg. Das schöne Haus am Marktplatz beherbergte nicht etwa eine Amputationspraxis, sondern – perfekt getarnt – ein echtes Räubernest. Die schrägen Vögel, die das Nest benutzten, hießen Toni Morona, Ludwig Munkel und Edi Karpfenstein: erfahrene, mit allen Wassern gewaschene Räuber, die im Laufe ihrer langen Zusammenarbeit manch lieb gewordene Tradition entwickelt hatten. So auch zur Weihnachtszeit.

«Ach ja, Freunde», Toni lehnte sich in seinem Sessel zurück, «es geht doch nichts über unser gemütliches Adventstreffen.»

Und zweifellos war es gemütlich, wie die drei Räuber an diesem Nachmittag in Tonis Wohnstube beisammensaßen. Im Ofen bollerte das Feuer und durch die Schallschluckfenster, die Toni letztes Jahr zur Adventszeit hatte einsetzen lassen, drang angenehm gedämpft der Gesang der Weihnachtschöre herein. Genüsslich schlürften die Räuber süßen Weihnachtspunsch und vertilgten bergeweise Plätzchen. An Tonis Adventskranz brannten vier Kerzen – Weihnachten stand vor der Tür.

Seit langer Zeit war es Tradition: Alle Jahre wieder trafen sich die drei Räuber zum geselligen Adventspunsch, um gemeinsam ihren Wunschzettel zu schreiben. Zu diesem Zweck hatten sie sich von allen Geschäften des Städtchens Kataloge besorgt, die sie nun von vorne nach hinten und von hinten nach vorne durchblätterten.

«Was meint ihr», mit kritischem Blick verglich Ludwig die Pelzmäntel des Pelzhauses Lotter, «steht mir Fuchs oder Nerz besser?»

«Nimm den Nerz, Ludwig», sagte Toni, «der Fuchs passt besser zu mir.» Er hielt den Katalog der Fernsehhandlung Kabelreiß in die Höhe. «Wie gefällt euch dieser Fernseher?»

«Supergerät», nickte Edi beifällig. «Den nehmen wir gleich dreimal. Kreuz ihn an, Toni!»

Mit seinem Filzschreiber machte Toni drei dicke rote Kreuze in den Katalog.

Edi, Spezialist für Türen und Schlösser, arbeitete den Katalog der Eisenwarenhandlung Kurr durch. «Die Auswahl an Dietrichen ist wirklich beeindruckend», stellte er fest. «Und die Stemmeisen sind auch nicht ohne!»

«Was wir dringend brauchen», sagte Toni und nahm einen Schluck Weihnachtspunsch, «sind neue Knarren!» Er schlug den Katalog der Waffenhandlung Ballerschmidt auf. «*Mafioso 5*», las er vor, «hochkarätig versilbert, mit echtem Ahorngriff. Derzeit die beliebteste Waffe in Chicago und Palermo!»

«Was gibt's da zu überlegen, Toni? Ankreuzen!»

Auf diese Weise verlebten die drei Räuber einen ausgesprochen vergnügten Nachmittag miteinander, und am Abend hatten sie alle Dinge, die ein Räuberherz am Weihnachtsabend höher schlagen lassen, auf einem ellenlangen Wunschzettel zusammengetragen.

«Fehlt nur noch die Kostümprobe», sagte Toni und erhob sich.

«Unser Boss», seufzte Ludwig, «immer will er alles bis ins kleinste Detail im Griff haben! Dabei gab es mit den Weihnachtsgeschenken noch nie Probleme.»

«Alle Jahre wieder das reinste Kinderspiel», ergänzte Edi.

«Gerade deshalb dürfen wir nicht leichtsinnig werden», erklärte Toni. «Schließlich weiß man nie, was einem in die Quere kommen kann.»

Er verließ den Raum und kehrte gleich darauf mit drei großen Plastiktüten zurück.

«Gute Idee, den Kostümverleih auszuplündern», sagte Ludwig, während er in einen roten Flauschmantel schlüpfte. «Die neuen Verkleidungen sind wirklich chic. Hat einer was dagegen, wenn ich mir den lockigen Bart nehme?» Selbstgefällig betrachtete er sich im Spiegel. «Passt ausgezeichnet zu meiner Dauerwelle!»

«Ludwig», brummte Edi, während er sich die Kapuze überzog, «du bist der eitelste Räuber, den die Welt gesehen hat. Irgendwann wird die Polizei dich noch schnappen – aber nicht mit einer geladenen Knarre, sondern mit einem aufgestellten Spiegel!»

Toni warf einen prüfenden Blick auf seine Kumpane, dann nickte er zufrieden: Mit den roten Kapuzenmänteln, den weißen Bärten und den großen Säcken über der Schulter gaben sie prachtvolle Weihnachtsmänner ab. Und wie friedlich und unschuldig sie aussahen …

Noch einmal füllte Toni die Punschtassen. «Die Verkleidung ist perfekt: Das wird eine schöne Bescherung geben!» Und die drei Räuber stießen miteinander an, dass der heiße Punsch nur so herausschwappte.

«Morgen, Kinder, wird's was geben» spielten die Elche vor dem Möbelhaus ein letztes Mal. Dann zog Sven von Elch für den Abend den Stecker heraus.

## Wintersport

Die ganze Nacht hindurch schneite es ununterbrochen, und als am nächsten Morgen die Sonne durch die Schneewolken brach, funkelte die Welt wie mit Diamanten übersät. Sogar die Polizeiwache, im restlichen Jahr eine hässliche Steinschachtel, sah mit ihrer weißen Schneehaube beinahe niedlich aus – vor allem, nachdem Assistent Flotthammer sie am gestrigen Abend noch wunderbar stimmungsvoll mit Ketten und Sträflingskugeln dekoriert hatte.

Kommissar Pillermeier war dennoch missgelaunt. «Einkaufsbummel!», knurrte er, während beide Polizisten in ihre froschgrünen Polizeioveralls schlüpften, laut Etikett wasserdicht und frostgeeignet bis minus 35 Grad. «Und die wirklich wichtigen Dinge bleiben wieder einmal liegen. Sie, Rudolf, haben die Mandelspekulatius noch nicht gebacken und ich habe das Gedicht für unsere Polizeiweihnacht noch nicht vollendet.» Er verdrehte die Augen. «Was machen wir stattdessen: einen Einkaufsbummel!»

Rudolf Flotthammer deutete auf die Strichliste an der Wand. «Herr Kommissar, Sie haben es selbst gesagt: Wenn wir zurückwollen, brauchen wir ein Geschenk für den Polizeioberrat.»

Wieder einmal wanderten ihre Gedanken zurück in die Großstadt, in ihr geliebtes Polizeihochhaus.

«In allen siebzehn Etagen stehen jetzt Plastikweihnachtsbäume», erinnerte sich der Kommissar. «Sogar im Fahrstuhl.»

«Stimmt», sagte Rudolf träumerisch. «Und jeden Morgen pikst man sich an den Nadeln. Schön!»

Doch was half alles Träumen und Sehnen? «Gehen wir's an, Rudolf», sagte Kommissar Pillermeier tapfer. «Übrigens – habe ich Ihnen schon meine neueste Errungenschaft gezeigt?» Mit geheimnisvoller Miene nahm er einen schwarzen Rucksack vom Haken. «Im letzten Polizeichefmagazin gab es einen Wettbewerb für Weihnachtsrezepte. Jeder Einsender bekam zum Dank diese Prämie.»

«Was für ein Rezept haben Sie denn vorgeschlagen?», fragte Rudolf Flotthammer neugierig.

«Hart gekochte Weihnachtseier», erklärte Kommissar Pillermeier stolz. «Und jetzt passen Sie auf!» Er zog einen Reißverschluss des Rucksacks auf und es erschien ein rundes Blaulicht, wie man es von jedem Polizeiauto kennt.

«Was es nicht alles gibt!» Assistent Flotthammer staunte nicht schlecht, als das Blaulicht auch noch zu blinken begann. «Es funktioniert ja tatsächlich.»

«Aber Rudolf, das ist längst noch nicht alles.» Der Kommissar zog einen weiteren Reißverschluss auf. Prompt setzte ein ohrenbetäubendes Tatütata ein.

«Speziell entwickelt für den Polizeieinsatz auf Skiern!» Kommissar Pillermeier musste schreien, um den Lärm zu übertönen. «Ideal für den sportlichen Polizisten!»

Rudolf Flotthammer blickte seinen Chef von der Seite an und verkniff sich jeden Kommentar.

Noch immer heulte der Rucksack, als wären siebzehn Polizeiautos im Noteinsatz unterwegs. «Lauter als jede Polizeisirene, nicht wahr?», brüllte der Kommissar begeistert.

Assistent Flotthammer war heilfroh, als sein Chef endlich die Reißverschlüsse wieder zuzog und der Höllenlärm verstummte.

«Haben Sie die Dienstskier in der Garage gefunden?», fragte Kommissar Pillermeier.

Rudolf nickte. «Aber Herr Kommissar», druckste er verlegen, «müssen wir unbedingt die Skier nehmen? Das kurze Stück können wir doch laufen.» Viel hätte er darum gegeben, in ein völlig unsportliches Polizeiauto einsteigen zu können – doch leider hatten sie ihren Dienstwagen beim ersten Einsatz in der Provinz zu Schrott gefahren.

«Kein Polizist, der etwas auf sich hält, geht zu Fuß», sagte der Kommissar in einem Tonfall, der keinen Widerspruch zuließ. «Der sportliche Kriminalspezialist fährt im Sommer Fahrrad und im Winter Ski. Punkt!»

«Jawohl, Herr Kommissar», seufzte Rudolf und verfluchte im Stillen das Polizeichefmagazin mitsamt seiner neuen Artikelreihe: «Fit und vital – der Polizeichef auf dem Weg zur persönlichen Bestleistung».

Keine hundert Meter betrug die Entfernung von der Polizeiwache zur Hauptstraße, doch war der Weg mit tückischen Hindernissen gepflastert. Schneehaufen am Straßenrand etwa lauerten nur darauf, sportliche Polizeichefs zu Fall zu bringen.

«Herr Kommissar», keuchte Assistent Flotthammer, als er

seinen Chef zum dritten Mal aus einem solchen Schneehaufen grub, «meinen Sie nicht doch, ohne Skier wäre es ...»

«Schweigen Sie, Rudolf», mit dem vielen Schnee im Mund konnte Kommissar Pillermeier nur nuscheln, «schuld daran ist die überzogene Ordnungsliebe dieser Kleinstadtbürger. Können die den Schnee nicht einfach dort liegen lassen, wo ihn der Himmel hinfallen lässt?»

Energisch klopfte er sich den Schnee vom Anzug, dann federte er, ganz Sportsmann, in den Knien und stieß sich kraftvoll mit seinen Skistecken ab. Der Schwung trug ihn über die andere Straßenseite hinaus direkt in den munter plätschernden Stadtbach.

Ratlos beäugte Rudolf Flotthammer seinen Vorgesetzten: Auf dem Rücken liegend, Skier nach oben gestreckt, zappelte Kommissar Pillermeier wie ein großer grüner Käfer im Wasser.

«Chef», fragte Rudolf Flotthammer vorsichtig, «was würden Sie denn jetzt davon halten, die Skier abzu...»

«Das würde Ihnen so passen, Assistent Flotthammer», gurgelte es dumpf aus dem Bach. «Ich habe gesagt, wir fahren Ski, also fahren wir Ski. Und nun holen Sie mich gefälligst hier raus!»

Mit schier übermenschlicher Anstrengung wuchtete Rudolf seinen Chef an den Skistecken aus dem Wasser. Zum Glück war der grüne Polizeioverall tatsächlich wasserdicht und die vielen kleinen Eiszapfen, die sich außen schnell bildeten, waren hübsch anzusehen und klingelten lustig bei jeder Bewegung.

Endlich erreichten sie die Hauptstraße des kleinen Städtchens. An jeder Kreuzung raunte Kommissar Pillermeier: «Achtung!», lächelte selig und setzte Blaulicht und Sirene auf seinem Rücken in Betrieb. «Wohl schlechte Nerven», rief er den Leuten hinterher, wenn sie entsetzt auseinander stoben.

«Was für eine geniale Erfindung», sagte er. «Könnte glatt von mir sein!»

«Sehen Sie doch, Herr Kommissar», rief Rudolf Flotthammer plötzlich, «da vorne laufen drei Weihnachtsmänner.»

«Was haben Sie denn erwartet, Rudolf?», fragte der Kommissar. «Osterhasen?»

Als die beiden Polizisten sich der ersten Ladentür näherten, machte Assistent Flotthammer Anstalten, seine Skier abzuschnallen.

«Nicht so voreilig, Rudolf», mahnte Kommissar Pillermeier. «Zunächst einmal werden wir die Schaufenster betrachten.»

«Oma Waltrauds Häkelstübchen – Qualitätshäkeleien seit über hundertfünfzig Jahren» stand auf einem verblichenen Emailschild über der Tür. «Was meinen Sie, Rudolf», grübelnd betrachtete Kommissar Pillermeier die Häkeldeckchen, die offensichtlich bereits seit Oma Waltrauds Geburt im Schaufenster lagen, «wäre das was für den Alten?»

«Keine Ahnung, Herr Kommissar», sagte Rudolf Flotthammer geistesabwesend. Gerade beobachtete er, wie in einiger

Entfernung drei Weihnachtsmänner die Fernsehhandlung Kabelreiß verließen und dabei unter dem Gewicht ihrer prall gefüllten Säcke schwankten.

«Ob die wohl Fernseher in ihren Säcken haben?», rätselte Rudolf.

Kommissar Pillermeier, den die Weihnachtsmänner herzlich wenig interessierten, hatte sich bereits dem nächsten Laden zugewandt. «Schenken Sie echte Freude – schenken Sie Tiere!» stand auf einem großen Schild im Schaufenster der Tierhandlung Kreuch. Darunter saß, mit einer goldenen Schleife geziert, ein fetter Mops und glotzte trübe in die Welt.

«Was für ein nettes Hündchen!» Sehnsüchtig drückte Rudolf Flotthammer sich die Nase an der Auslage platt.

«Kommen Sie schon, Rudolf», drängte Kommissar Pillermeier. «Über *den* freut sich der Polizeioberrat bestimmt nicht – wenn auch eine gewisse Ähnlichkeit nicht von der Hand zu weisen ist!»

Auf den Skiern kämpften die Polizisten sich von Schaufenster zu Schaufenster. Doch je mehr sie sahen, desto unentschlossener wurden sie.

«Rasierwasser», schlug Kommissar Pillermeier vor der Parfümerie Seifenzahn vor.

«Socken», vor dem Bekleidungsgeschäft Knoll.

«Ein Schmusekissen», vor dem Bettengeschäft Driemer …

«Oder vielleicht doch lieber eine Wärmflasche … He, können Sie nicht aufpassen!», rief er empört einem Weihnachtsmann hinterher, der ihn gerade mit seinem vollen Sack kräftig angerempelt hatte. Im nächsten Augenblick rannten zwei weitere Weihnachtsmänner an ihnen vorbei.

Erstaunt blickte der Kommissar ihnen hinterher. «Seit wann treten Weihnachtsmänner immer im Dreierpack auf?»

«Wissen Sie, was ich glaube, Chef?», sagte Rudolf Flotthammer. «Die stellen hier gerade einen Weihnachtsmannrekord auf. Für dieses Buch – na, wie heißt es doch gleich?»

«Aber Rudolf, das weiß doch jedes Kind», belehrte ihn Kommissar Pillermeier. «Nessiebuch der Rekorde.»

Als sie vor dem nächsten Schaufenster standen, schlug sich der Kommissar plötzlich gegen die Stirn. «Ich hab's», rief er. «Die Fundgrube bei Sven von Elch! Dass ich nicht gleich daran gedacht habe – dabei habe ich dort schon wahre Schätze ausgegraben. Wissen Sie noch, Rudolf?»

«Wie könnte ich es je vergessen, Herr Kommissar?» Noch heute bekam Assistent Flotthammer eine Gänsehaut, wenn er sich an das rosa Plüschsofa und die rüschenbesetzte Stehlampe erinnerte, die Kommissar Pillermeier für die Polizeiwache angeschafft hatte – kurz bevor sie eingestürzt war. ‹So hat jede Katastrophe doch auch immer ihr Gutes›, dachte Rudolf philosophisch: Keiner der Schätze des Kommissars hatte den Einsturz der Polizeiwache überlebt.

## Alle Jahre wieder

An der Fassade des Möbelhauses Sven von Elch gab es keinen Quadratzentimeter, der nicht mit einer Glühbirne bedeckt war. Was in der Nacht geradezu überirdisch funkelte, wirkte jetzt in der strahlenden Vormittagssonne wie ein pickliger Hautausschlag. Doch die meterdicken grünen Plastikgirlanden waren auch bei Sonnenschein sehr stimmungsvoll.

«... heißa, dann ist Weihnachtstag!» spielten die Elche am Eingang zur Begrüßung. Assistent Flotthammer machte sich bereits darauf gefasst, auf Skiern durch die Möbelausstellung rutschen zu müssen, doch zu seiner großen Erleichterung durfte er die lästigen Dinger vor der Tür stehen lassen.

Im Möbelhaus war es angenehm warm – kein Wunder also, dass die Eiszapfen am Overall des Kommissars schnell zu schmelzen begannen. Die Verkäufer warfen empörte Blicke auf die Pfützen, die Kommissar Pillermeier auf den Teppichen hinterließ, doch die beiden Polizisten stapften unbekümmert durch Sven von Elchs wunderbare Weihnachtswelt: Da gab es turmhohe Weihnachtsbäume, einen riesigen Schlitten mit Rentiergespann, Knecht Ruprecht mit dem Christkind, eine Krippe mit Ochs und Esel, Engel bei der Weihnachtsbäckerei und beim Posauneblasen – alles überlebensgroß und alles aufblasbar.

«So einen aufblasbaren Weihnachtsbaum könnten wir uns zulegen», meinte Rudolf Flotthammer. «Dann müsste ich nicht immerfort die Nadeln wegkehren.»

«Und wo bliebe dann der unverwechselbare Weihnachtsduft?», fragte Kommissar Pillermeier.

«Na hier», Assistent Flotthammer griff nach einer Dose. «Original Tannenduft. Reicht für zehn Weihnachtsfeste.»

Sven von Elchs Fundgrube lag im fünften Stockwerk; der Weg nach oben führte an der Cafeteria im dritten Stock vorbei. Es roch verführerisch und prompt verspürte der Kommissar ein leichtes Magengrummeln.

«So ein Einkaufsbummel macht hungrig», beschloss er. «Als Erstes werden wir einen kleinen Imbiss einnehmen.»

«Prima Idee, Chef!», strahlte Assistent Flotthammer.

Die Cafeteria war ihnen bestens vertraut, hatten sie doch nach dem Einsturz der Polizeiwache für einige Wochen in Sven von Elchs Büromöbelabteilung logiert. Allerdings hatten die Kellnerinnen damals keine Engelsflügelchen getragen.

Kommissar Pillermeier studierte die Speisekarte. «Das große Sieben-Gänge-Weihnachts-Schlemmermenü», las er und schnalzte genießerisch mit der Zunge. «Was halten Sie davon, Rudolf, wenn wir unsere Weihnachtsgratifikation schon vor Weihnachten auf den Kopf hauen? Das heißt», sagte er bedauernd, «Ihre Gratifikation reicht natürlich nur für das Zwei-Gänge-Sparmenü. Aber das ist ja auch schon etwas!»

So saßen sie gemütlich in der Cafeteria und schlemmten. Geschlagene zwei Stunden brauchte Kommissar

Pillermeier für seine sieben Gänge. Assistent Flotthammer, der sein Sparmenü in zehn Minuten vertilgt hatte, vertrieb sich die Zeit damit, durch das Fenster die Weihnachtsmänner zu beobachten, die die Straßen rauf und runter rannten – mal mit vollen, mal mit leeren Säcken.

«Die legen sich ja mächtig ins Zeug», stellte er fest. «Scheint nicht so einfach zu sein, ins Nessiebuch der Rekorde zu kommen.»

Als die Kellnerin am Ende mit einem wahren Engelslächeln die Rechnung präsentierte, wurde Kommissar Pillermeier ein wenig blass um die Nase.

«Es ist ja nur einmal im Jahr Weihnachten, Herr Kommissar», sagte Rudolf tröstend.

«Wenn wir Glück haben, Rudolf», überlegte Kommissar Pillermeier, «sparen wir das Geld beim Geschenk für den alten Grantheimer wieder ein. Ab in die Fundgrube!»

Doch so weit kamen sie nicht. Noch in der Tür zur Cafeteria blieben sie mit offenem Mund stehen.

«Wo ... wo sind die Möbel hin, Herr Kommissar?», stammelte Rudolf.

Die Frage war berechtigt, denn Sven von Elchs Möbelhaus war leer. Vollkommen leer, wie sie schnell feststellten, von der ersten bis zur fünften Etage. Übrig geblieben waren einzig und allein die Tische und Stühle in der Cafeteria.

«Selbst der schöne Whirlpool ...», fassungslos starrte Rudolf Flotthammer auf das Abflussrohr, das einsam aus dem Boden ragte.

«Bin ich froh, dass Sie hier sind, meine Herren!» Möbelhändler Sven von Elch kam die Treppe hochgestürmt. «Die ganze Stadt ist auf der Suche nach Ihnen!»

«Ach, wirklich?» Der Kommissar lächelte geschmeichelt. «Und womit können wir dienen?»

«Ja, haben Sie denn nichts gemerkt?», rief Sven von Elch

fassungslos. «Sehen Sie sich doch um!» Mit einer Geste umfasste er sein leeres Möbelhaus. «Sie haben alles davongetragen», schluchzte er. «Meine schönen Möbel – nichts ist mehr übrig!»

«Wer hat das getan?» Kommissar Pillermeier zückte sein Notizbuch.

Ungläubig blickte Sven von Elch ihn an. «Sie müssen die Weihnachtsmänner doch gesehen haben!»

«Ach so!» Mit einem Lächeln klappte Kommissar Pillermeier sein Notizbuch wieder zu. «Dann ist ja alles in Ordnung», sagte er beruhigend. «Wenn der Weihnachtsmannrekord aufgestellt ist, bekommen Sie bestimmt alles zurück.»

«Weihnachtsmannrekord?», fragte Sven von Elch entgeistert. «Sie meinen wohl Räuberrekord! An einem einzigen Vormittag haben die Schurken die ganze Stadt ausgeplündert!»

Der Kommissar nahm seinen Assistenten zur Seite. «Herr von Elch scheint sich nicht wohl zu fühlen», raunte er ihm zu. «Typischer Fall von vorweihnachtlichem Nervenzusammenbruch, wenn Sie mich fragen.» Laut sagte er: «Kein Grund zur Aufregung, Herr von Elch. Wir werden uns ein Bild von der Lage machen.»

Wieder fuhren sie auf ihren Skiern die Hauptstraße entlang, doch boten die Läden nun einen traurigen Anblick: Die Schaufenster waren leer, die Regale umgestoßen, die Weihnachtsdekoration heruntergefetzt, Häkeldeckchen und Mops waren verschwunden. Halb in einem Schneehaufen vergraben quäkte ein letzter Keramikwichtel.

«Und das alles während unseres kleinen Imbisses», sagte Kommissar Pillermeier erstaunt. «Nicht zu fassen!»

«Ich fürchte fast, Herr Kommissar», Assistent Flotthammer blickte von einer Straßenseite zur anderen, «das Ganze hat doch nichts mit dem Nessiebuch der Rekorde zu tun.»

«Wie auch immer», die Stimme des Kommissars bekam einen amtlichen Tonfall, «jetzt ist die starke Hand der Polizei gefordert! Ich werde eine Krisensitzung einberufen, und zwar im ...», suchend spähte er die Hauptstraße auf und ab, «... im Juweliergeschäft Klunker.»

Der vornehmste Laden der Stadt erschien Kommissar Pillermeier der passende Rahmen für eine Krisensitzung. «Rudolf, Sie werden sofort allen Geschäftsleuten Bescheid geben. Teilnahme ist Pflicht!»

«Jawohl, Herr Kommissar», sagte Rudolf Flotthammer. «Ob ich für diesen Auftrag wohl die Skier auszie...»

«Kommt nicht infrage», knurrte Kommissar Pillermeier.

Der Polizeiassistent schlingerte also auf seinen Skiern davon und Kommissar Pillermeier stellte sich vor dem Eingang des Juwelierladens in Positur. Für den Beginn einer Krisensitzung eigneten sich Blaulicht und Polizeisirene ganz wunderbar:

Ohne lange zu fackeln, zog der Kommissar die Reißverschlüsse seines Rucksacks auf. Schaurig dumpf hallte das Sirenengeheul durch die Stadt. Erst als der letzte der Geschäftsleute – Herr Sternblau von der gleichnamigen Schnapsbude – herangewankt war, hielt Kommissar Pillermeier es für angebracht, das Heulen zu beenden. Doch sosehr er auch an den Reißverschlüssen zerrte: Sie wollten sich einfach nicht mehr schließen lassen! Ein kräftiger Ruck, ein lautes «Ratsch», und die Verschlüsse waren herausgerissen. Die Polizeisirene gellte weiterhin ohrenbetäubend.

Kurz entschlossen stopfte Kommissar Pillermeier den heulenden Rucksack in die nächste Mülltonne. In der Tonne wurde das Tatütata jedoch erst richtig verstärkt, und die versammelten Geschäftsleute hielten sich entsetzt die Ohren zu. Schon

wollten die Ersten die Flucht ergreifen, da holte Kommissar Pillermeier seinen Rucksack aus der Tonne, schmiss ihn auf die Erde und trampelte auf ihm herum, so fest er nur konnte.

«Ich ... werde ... einen ... Leserbrief ... schreiben», keuchte er dabei. «Solche ... Blindgänger ... als Prämie ... Frechheit!» Auf einmal wurde es herrlich still – und das war dann auch das Ende der genialen Erfindung für den sportlichen Polizeichef.

Alle Anwesenden blickten entgeistert auf den Kommissar, daher schnallte er nun mit einer betont lässigen Geste seine Skier ab, warf sie sich schwungvoll über die Schulter – und durchstieß dabei mit der Skispitze das Schaufenster des Juwelierladens. Starr vor Entsetzen blickte Juwelier Klunker von seiner zerstörten Auslage zu Kommissar Pillermeier.

«Mein lieber Herr Klunker», meinte der Kommissar, nachdem er sich von seinem Schrecken erholt hatte, «sehen Sie genau hin: Bilden die Sprünge im Glas nicht einen wunderschönen Stern? Ein wenig mit Kunstschnee bestäubt – schon haben Sie die perfekte Weihnachtsdekoration. Im Übrigen können wir in Anbetracht der herrschenden Krisensituation auf derlei Lappalien keine Rücksicht nehmen.» Seine Körperhaltung straffte sich. «Ich darf vielleicht vorausgehen.»

Innen bot sich ein trauriges Bild: Genau wie Sven von Elchs Möbelhaus war auch der Juwelierladen vollkommen leer geräumt und auf den schwarzen Samtkissen in den Glasvitrinen konnte man nur noch die Abdrücke der Ringe und Halsketten erahnen.

Abermals holte Kommissar Pillermeier sein Notizbuch aus der Overalltasche. «Was ist passiert?»

«Na ja», begann Juwelier Klunker zögernd, «zuerst war alles wie immer: Heute Morgen schließe ich meinen Laden auf, da stehen drei Weihnachtsmänner vor mir. ‹Her mit den Diamantuhren!›, knurren sie und fuchteln drohend mit ihren Pistolen. Wie gesagt», Herr Klunker wechselte einen Blick mit den übrigen Geschäftsleuten, «nichts Ungewöhnliches. Wie alle Jahre eben.»

«Wie bitte?» Kommissar Pillermeier dachte, er hätte sich verhört. «Wollen Sie damit sagen, dass Sie jedes Jahr von drei Weihnachtsmännern ausgeraubt werden?»

«Nicht nur der Kollege Klunker, verehrter Kommissar», ergriff nun Sven von Elch das Wort. «Wir alle. Die Räuber bringen ihren Wunschzettel, wir erfüllen ihre Wünsche. Ein alter Weihnachtsbrauch, wenn Sie so wollen. Seit ...», er rechnete kurz nach, «seit mehr als zehn Jahren.» Sämtliche Geschäftsleute nickten zur Bekräftigung.

«Was für unglaubliche Zustände!», empörte sich der Kommissar. «Und das zur Weihnachtszeit! Hinter der Idylle lauert das Böse, das wusste ich von Anfang an. Wir werden den Schurken die passende Bescherung bereiten, nicht wahr, Rudolf?»

Assistent Flotthammer zuckte zusammen. «Bestimmt, Herr Kommissar.»

Strafend blickte Kommissar Pillermeier in die Runde: «Warum haben Sie nie die Polizei alarmiert?»

«Wissen Sie», erklärte Juwelier Klunker, «wir wollten unseren alten Wachtmeister nicht unnötig aufregen. Auf die paar Kleinigkeiten kommt es beim großen Weihnachtsgeschäft wirklich nicht an.»

«Kleinigkeiten?» Kommissar Pillermeier sah ihn fassungslos an. «Sie sprechen von Diamantuhren.»

«Lassen Sie es mich so ausdrücken, Herr Kommissar», sagte Herr Klunker mit einem feinen Lächeln. «Die Herren Räuber sind ... ähm ... keine ausgesprochenen Kenner.»

«Denen drehe ich regelmäßig meine billigsten Kunstpelzmäntel als echten Fuchs und Nerz an», gluckste der dicke Pelzhändler Lotter. «Und mit Verlaub, Kollege Klunker, auf Ihre Diamanten möchte ich auch nicht mit dem Hammer schlagen.»

«Jedenfalls sind die drei Räuber heute Morgen hoch zufrieden mit meinen Uhren abgezogen», erzählte der Juwelier. «Alles wie immer, alles in Ordnung – nur kamen zehn Minuten später die nächsten drei!»

«Drei was?» Der Kommissar kratzte sich am Hinterkopf.

«Die nächsten drei Weihnachtsmänner», antwortete Juwelier Klunker. «Das Schlimme war: Die wollten auch Diamantuhren. Und ich hatte doch nur noch echte!»

«Was haben Sie getan?», fragte Kommissar Pillermeier.

«Nun», sagte Juwelier Klunker stolz, «nicht umsonst bin ich für meine ausgezeichnete Fachberatung bekannt. So konnte ich die Herren Räuber schließlich von drei wertvollen Taucheruhren überzeugen.» Er konnte ein zufriedenes Grinsen nicht unterdrücken. «Angeblich bis hundert Meter Tiefe wasserdicht. Gut, dass das städtische Freibad nur vier Meter tief ist.»

Vorwurfsvoll schüttelte Kommissar Pillermeier den Kopf. «Und dann haben die Schurken den Betrug gemerkt und aus Rache Ihren ganzen Laden ausgeräumt?»

«Keine Spur», winkte der Juwelier ab. «Überglücklich waren sie mit ihren Taucheruhren. Der ganze Ärger kam erst später.»

«Und ich weiß, warum!» Fernsehhändler Kabelreiß, der bisher nur zugehört hatte, drängte sich nun nach vorne.

«Dann berichten Sie!», forderte der Kommissar ihn auf. «Und denken Sie daran: Jedes Detail könnte wichtig sein!», fügte er noch streng hinzu.

Den Hinweis hätte er sich getrost sparen können. In der Fernsehhandlung Kabelreiß liefen von früh bis spät die Fernseher. Krimis waren das tägliche Brot des Herrn Kabelreiß und so wusste er bestens Bescheid. Tatsächlich konnte er erzählen wie ein Krimiautor.

## Die Wette

«Wie alle Jahre wünschen wir fröhliche Weihnachten, verehrter Herr Kabelreiß», brummte Toni in seinen Weihnachtsmannbart. «Und wie üblich bitten wir um eine milde Gabe für unschuldig in Not geratene Weihnachtsmänner.» Er schlug den Katalog auf. «Wir hätten gerne dreimal diesen Fernseher!»

Flüchtig blickte Fernsehhändler Kabelreiß auf die Abbildung: Es war sein bestes Modell.

«Mit Verlaub, meine Herren», sagte er, ohne mit der Wimper zu zucken, «da haben Sie keine gute Wahl getroffen. Völlig veraltete Technik. Wenn ich Ihnen als Fachmann raten dürfte», mit diesen Worten wies er auf drei uralte Fernseher, die er extra für diesen Zweck bereitgestellt hatte, «von außen unscheinbar, doch innen mit Elektronik vom Feinsten ausgestattet.»

Edi und Ludwig blickten verunsichert auf Toni. «Was meinst du?»

«Haben die Geräte integrierten Grünabgleich und Schärfentiefe?», fragte Toni.

Herr Kabelreiß zog die Augenbrauen hoch. «Wollen Sie einen Fernseher oder einen Gemüseschneider?»

Toni gab sich noch nicht geschlagen: «Sind es wenigstens Farbfernseher?»

Der Fernsehhändler betrachtete ihn mitleidig. «So denken wahre Laien», seufzte er. «Dabei kommt es nicht auf die Farbe an, sondern auf das Online-Offline-Relais. Und diese Geräte besitzen das stärkste Online-Offline-Relais überhaupt!»

«Was bedeutet das?», fragte Toni verunsichert.

«Ich kann nur hoffen, dass Sie vom Räuberhandwerk mehr verstehen als von Technik», sagte Herr Kabelreiß ungehalten. «Es handelt sich um den

Einschaltknopf, meine Herren. Was bitte nützt ein Fernseher ohne Einschaltknopf? Man kann höchstens Fische darin züchten! Wollen Sie das?»

Dieses Argument überzeugte die Räuber endgültig. Fernsehhändler Kabelreiß hielt noch hilfreich die Säcke auf, damit Toni, Edi und Ludwig die sperrigen Fernseher einpacken konnten, dann riss er mit einer Verbeugung die Ladentür auf.

«Auf Wiedersehen, meine Herren. Beehren Sie mich ...» – recht bald wieder, wollte er eigentlich sagen, doch brachte er vor Verblüffung kein Wort heraus. Draußen vor der Tür standen drei weitere Weihnachtsmänner. Mit großen Säcken und großen Pistolen. Sie sahen genauso aus wie die Weihnachtsmänner im Laden.

«Jetzt wird's lustig», murmelte Herr Kabelreiß zwischen den Zähnen. Langsam, Schritt für Schritt, ging er rückwärts, bis er hinter seiner Ladentheke stand. Von dort aus beobachtete er, wie die drei neuen Weihnachtsmänner mit vorgehaltenen Waffen hereinkamen.

Mit ungläubigem Erstaunen starrten sich die beiden Weihnachtsmannbanden an.

«Nehmt die Bärte ab!», knurrte Toni schließlich. «Ich will die Gesichter der Todeskandidaten sehen, die es wagen, in unserem Revier zu wildern.»

«Den Teufel werden wir tun!», erwiderte einer der fremden Räuber.

«Moment mal», sagte Toni, «die Stimme kenne ich doch!»

Ungeachtet der Pistolen trat er ganz nah an die fremden Räuber heran und musterte ihre Gesichter.

«Sieh einer an», sagte er, «die Kuckucksbrüder! Kalle Kuckuck, Konrad Kuckuck und der kleine Kurti. Immer da zu finden, wo sie absolut nichts verloren haben – am liebsten im fremden Revier!»

«Pass auf, was du sagst!», drohte Kalle Kuckuck. «An deiner Stelle würde ich den Mund nicht so voll nehmen, du lächerlicher Provinzräuber.» Mit einem blitzschnellen Griff riss er Toni den Weihnachtsmannbart vom Kinn. «Na», wandte er sich an seine Brüder, «erkennt ihr die Visage wieder?»

«Wird mir unvergesslich bleiben», grinste Konrad Kuckuck. «Der schlaue Toni, unser Zimmergenosse im Räubererholungsheim.»

«Mit Beschäftigungstherapie und Vollverpflegung», gluckste der kleine Kurti.

«Wieso in drei Teufels Namen haben die euch rausgelassen?», fragte Toni. «Wenn mich nicht alles täuscht, hattet ihr lebenslänglich.»

«Gute Führung, Toni!», flötete Konrad Kuckuck. «Wir waren die Musterräuber von ganz St. Quintin. Haben sogar die Soloeinlagen auf der Weihnachtsplatte singen dürfen. Alles nach deiner Zeit.»

«Wenn ihr Wert darauf legt, eure Singstimmen zu behalten», sagte Toni gefährlich leise, «dann zwitschert hier ab, so schnell ihr könnt. Ihr verstoßt gegen Paragraph vier des Räuberkodex: Kein Räuber jagt im Revier des anderen.»

«Der gute Toni», freute sich der kleine Kurti, «immer noch der gleiche Klugscheißer! Schmeiß uns doch raus, wenn du kannst!»

«Mit deinen Zuckerbübchen da», Kalle Kuckuck deutete auf Edi und Ludwig, «hast du allerdings keine Chance! Wohl in der Provinz nichts Besseres gefunden?»

Vor Empörung sogen Edi und Ludwig hörbar die Luft ein. Ihre Finger an den Abzügen zuckten bereits, doch eine Geste Tonis ließ sie innehalten.

«Warum macht ihr euch ausgerechnet bei uns breit?», fragte Toni scharf. «Bestimmt nicht, um alte Erinnerungen mit mir auszutauschen, oder?»

«Nichts gegen die guten alten Knastzeiten, Toni», sagte Kalle Kuckuck jovial. «Aber du hast tatsächlich Recht: Wir sind aus einem anderen Grund hier.»

Mit einem gemeinen Grinsen zog er einige vergilbte Seiten der Kleinstadtzeitung aus der Manteltasche. «Rein zufällig sind wir darüber gestolpert», sagte er und hielt Toni verschiedene Zeitungsausschnitte unter die Nase. «Ihr drei scheint in dieser Stadt wie die Maden im Speck zu leben. Reiches Pflaster – bewacht von dümmlichen Polizisten …»

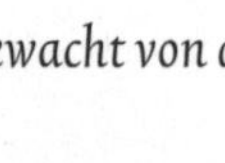

An dieser Stelle hielt Herr Kabelreiß inne und warf einen verunsicherten Blick auf Kommissar Pillermeier. «Manches habe ich nicht so genau verstanden», sagte er entschuldigend. «Vielleicht hat er auch ‹rühmlichen Polizisten› gesagt.» Dann erzählte er weiter:

*«Von eurem Kuchen», krähte jetzt Kurti, der kleinste Kuckucksbruder, «wollen wir auch ein Stück!»*

*«Ja, und zwar ein saftiges!» Zufrieden klopfte Konrad Kuckuck auf seinen prall gefüllten Sack. «Eins muss man euch Provinzganoven lassen: Euer Revier ist vom Feinsten. Gut erzogene Lieferanten.»*

*Jetzt platzte Edi der Kragen: «Was habt ihr hier verloren?», brüllte er. «Schert euch zum Teufel, dreimal verfluchtes Räuberpack!» Gleichzeitig begann er, wie wild um sich zu schießen. Mit ohrenbetäubendem Klirren zerbarsten gleich mehrere Fernsehgeräte.*

*«Hör auf, Edi!» Toni schlug ihm die Waffe aus der Hand. «Ich kenne die Burschen – davon lassen die sich nicht im Mindesten beeindrucken.»*

*«Huch, mir schlottern schon die Knochen vor Angst!» Spöttisch wackelte Konrad Kuckuck mit den Knien.*

*«Gegen diese Pest ist nur ein Kraut gewachsen», sagte Toni kalt. «Mein Grips!»*

*«Genau, Schlauköpfchen!», gackerte der kleine Kurti. «Gib's uns, zeig's uns, tricks uns aus!»*

*«Wie wäre es mit einem kleinen Wettkampf?», fragte Kalle Kuckuck lauernd. «Deine unnachahmlichen Verstandeskräfte, Toni, gegen unsere erbärmlichen Räuberkünste. Wenn wir verlieren, verschwinden wir noch im selben Augenblick für immer aus der Stadt. Ehrenwort!»*

«Pah», unterbrach Kommissar Pillermeier den Fernsehhändler, «als ob ein solcher Ganove eine Ahnung davon hätte, was ein Ehrenwort ist!»

*«Und wenn wir verlieren?», warf Ludwig ein.*

*«Sollte dieser absolut unwahrscheinliche Fall eintreten», sagte Kalle Kuckuck freundlich, «dann verschwindet ihr aus der Stadt. Auf Nimmerwiedersehen!»*

*Alarmiert blickten Edi und Ludwig auf Toni. «Lass dich nicht darauf ein!», flüsterte Ludwig. «Die wollen uns reinlegen!»*

*«Was ist los, Schlauköpfchen?», meckerte der kleine Kurti. «Hosen voll?»*

*Toni atmete tief durch. «Okay», sagte er dann langsam, «ein ehrlicher Wettkampf.»*

«Pah!», rief Kommissar Pillermeier zum zweiten Mal. «Der weiß nicht einmal, wie man das Wort ‹ehrlich› buchstabiert!»

*«Folgende Bedingungen», fuhr Toni fort. «Ab sofort plündern wir um die Wette die Stadt aus. Wer an Heiligabend mehr Geschenke unter dem Weihnachtsbaum liegen hat, ist Sieger.»*

Fassungslos starrten Edi und Ludwig ihn an. «Bist du verrückt geworden, Toni?»

«Vertraut mir, Freunde», flüsterte Toni leise. «Denkt an unseren Heimvorteil. Die können nicht gewinnen, und dann sind wir sie ein für alle Mal los!»

«Wenn der Schuss mal nicht nach hinten losgeht!», murmelte Ludwig besorgt.

«Wettplündern», sagte Kalle Kuckuck. «Klasse Idee. Gefällt mir. Machen wir einen Kontrakt.» Sein Blick fiel auf Fernsehhändler Kabelreiß, der mittlerweile unter seinem Tresen hockte. «He, Fernsehfritze, bring Zettel, Stifte und ein scharfes Messer her! Aber dalli!»

In Windeseile hatte Herr Kabelreiß das Gewünschte herbeigeschafft. «Und jetzt», befahl Kalle Kuckuck, «schreibst du alles fein säuberlich auf: Wettplündern bis Heiligabend. Wer mehr Geschenke hat, ist ehrenvoller Sieger.»

«Pah», der Kommissar schlug sich auf die Schenkel, «ehrenvoll! – hat er tatsächlich ‹ehrenvoll› gesagt?»

«Wann», fragte Kalle Kuckuck in geschäftsmäßigem Tonfall, «soll die Frist genau enden?»

«Morgen Abend», bestimmte Toni, «wenn die Weihnachtsglocken läuten.»

«Schreib es auf!», wies Kalle Kuckuck den Fernsehhändler an. «Du bist unser Zeuge, dass alles ehrlich zugeht.»

Erwartungsvoll blickte Herr Kabelreiß auf Kommissar Pillermeier.

«Was ist los?», fragte der Kommissar. «Warum erzählen Sie nicht weiter?»

*Der Kontrakt war fertig. «Fehlen noch die Siegel», sagte Toni mit merkwürdig gepresster Stimme.*

*«Räubersiegel!» Begeistert fuchtelte der kleine Kurti mit dem Messer herum. «Hurra! – Wer will zuerst?»*

*«Ich», sagte Toni und griff nach dem Messer. Lauernd starrte er Kalle Kuckuck ins Gesicht, während er sich mit einem Schnitt die Kuppe vom linken Daumen abtrennte. Die blutende Wunde presste er auf den Kontrakt. «Der Nächste bitte!»*

*«Beschissenes Spiel!», fluchte Ludwig leise, als er nach dem Messer griff. «Und dabei war ich gestern erst bei der Maniküre!»*

*Doch auch er setzte das Blutsiegel, ohne mit der Wimper zu zucken. Nach ihm taten alle übrigen Räuber dasselbe. Sechs dunkelrote Kreise besiegelten nun den Kontrakt.*

*«Fehlt noch dein Siegel, Mister TV!», gluckste der kleine Kurti.*

«Lieber Herr Kabelreiß», sagte Kommissar Pillermeier mitleidig, «ich fürchte, jetzt geht Ihre Phantasie mit Ihnen durch. Räuberkontrakt, abgeschnittene Fingerkuppen, Blutsiegel – Sie haben wohl in letzter Zeit viele drittklassige Kriminalfilme gesehen!»

Herr Kabelreiß sparte sich eine Antwort – stattdessen hielt er seinen Daumen in die Höhe: An der Stelle der Kuppe klaffte ein tiefes rotes Loch!

«Herr Kommissar», sagte Rudolf Flotthammer plötzlich, «ich glaube, mir wird schlecht.»

Auch die versammelten Geschäftsleute waren kreidebleich geworden.

«Zwei der Kuckucksbrüder haben mich fest gehalten, der kleine Kurti hat geschnitten», berichtete der Fernsehhändler. «Zuerst blutete die Wunde nicht stark genug, deshalb hat er mit der Messerspitze nachge...»

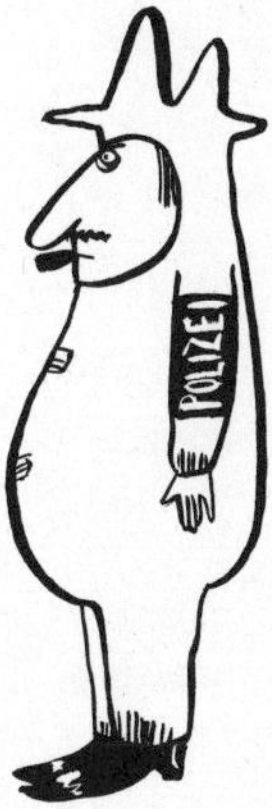


«Bitte keine überflüssigen Einzelheiten», presste Kommissar Pillermeier, Schweißperlen auf der Stirn, hervor. «Worüber haben die Schurken sonst noch gesprochen?»

Herr Kabelreiß ruckte unbehaglich. «Nur noch über Belanglosigkeiten.»

«Was belanglos ist und was nicht», sagte der Kommissar streng, «müssen Sie schon uns Spezialisten überlassen. Also, erzählen Sie weiter! Und lassen Sie nichts aus!»

*«Was ist mit euren Provinzpolizisten?», fragte Kalle Kuckuck. «Werden sie uns keinen Ärger machen?»*

*Toni grinste spöttisch. «Erinnert ihr euch noch an den Aufseher in St. Quintin? An den, der immer freundlich grinste und zu blöd war, seine Aufsehermütze richtig herum aufzusetzen?»*

*«Der hätte wegen seiner Dämlichkeit selbst hinter Gitter gehört», sagte Kalle Kuckuck. «Aber was ist mit ihm?»*

*«Genauso dämlich ist unser neuer Polizeiassistent!»*

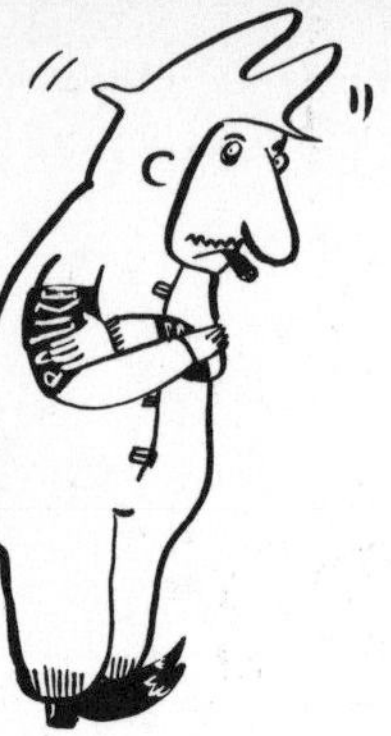

«Herr Kommissar», wisperte Rudolf Flotthammer unglücklich, «das tut doch wirklich nichts zur Sache.»

Kommissar Pillermeier wischte diesen Einwand mit einer Handbewegung weg. «Rudolf, wir werden alles anhören. Bis zum bitteren Ende!»

*«Da gab es noch einen anderen Aufseher», erzählte Toni genüsslich weiter, «war nur 'ne knappe Woche im Dienst. Könnt ihr euch an den auch erinnern?»*

*«Klar», grinste Konrad Kuckuck. «Du meinst den, der Knast-Ede mit dem Gefängnisdirektor verwechselt hat. Drei Tage lang hat der arme Direktor Zeter und Mordio gebrüllt, bis man ihn endlich aus der Dunkelhaft geholt hat.»*

*«Noch am selben Tag wurde der Kerl wegen gemeingefährlicher Dummheit vom Dienst suspendiert», erinnerte sich Toni. «Wollt ihr jetzt wissen, wer genauso dämlich ist?»*

«Danke schön, Herr Kabelreiß!», rief Kommissar Pillermeier. «Ihre Vernehmung ist hiermit beendet.»

«Ausgerechnet jetzt, Chef, wo es gerade spannend wurde», sagte Rudolf Flotthammer enttäuscht.

«Der Zeuge Kabelreiß», erklärte der Kommissar mit einem abschätzigen Blick auf den Fernsehhändler, «verliert sich zusehends in Gerüchte und Halbwahrheiten. Außerdem», und damit wandte er sich an die übrigen Geschäftsleute, «haben wir noch mehr Zeugen anzuhören. Sind denn alle Ladenbesitzer von den Plünderungen betroffen?»

«Nicht nur die Ladenbesitzer», erklärte Juwelier Klunker. «Die Schurken haben auch alle bereits gekauften Weihnachtsgeschenke gestohlen. Jeder Schrank und jede Truhe im Städtchen wurde bis auf den nackten Boden ausgeräumt.»

«Das Weihnachtsessen wird auch ausfallen», grollte Metzgermeister Reichleber. «Da hatte ich für morgen extra zweihundert Weihnachtsschinken gepökelt – und jetzt findet sich in meiner Vitrine nicht mal mehr ein Schweineringelschwänzchen!»

«Fünfzig Räucherlachse, siebzig Portionen Kaviar und achtzig Dosen Muschelsuppe sind bei mir verschwunden», zählte Fischhändler Bruno Barsch auf. «Und bei mir zwei Zentner Lebkuchen, fünfzig Kilo Gebäck und zwanzig Kilo Pralinen!», übertrumpfte ihn Konditormeister Edgar Kränzel.

Waffenhändler Ballerschmidt schüttelte ärgerlich den Kopf. «Schinken, Muscheln, Schokolade – Sie haben vielleicht Probleme, Kollegen», brummte er. «Mit der Beute aus meinem Laden können die Banditen die Stadt über Jahre hinweg in Atem halten!»

«Meine größte Sorge», ergänzte Elmar Kreuch, Besitzer der gleichnamigen Zoohandlung, «ist, dass die Räuber neben allen Tieren auch Elvira erbeutet haben!»

«Ihre Frau?», fragte Rudolf entsetzt.

«Nein, meine Mörderspinne», erklärte Herr Kreuch. «Diese Spinne in den falschen Händen – ich darf gar nicht daran denken!»

Rudolf Flotthammer runzelte sorgenvoll die Stirn. «Hoffentlich behandeln die Räuber wenigstens Ihr reizendes Hündchen gut!»

«Reizendes Hündchen?», fragte der Tierhändler verständnislos. «Sie meinen doch wohl nicht diesen Klopsmops aus dem Schaufenster! Ein grandioser Ladenhüter – selbst meine Klapperschlangen verkaufen sich besser!»

Bevor Assistent Flotthammer den armen Mops verteidigen konnte, hob eine durchscheinend bleiche Dame die Hand: «Mein Geschäft wurde bisher von der Plünderung verschont.»

«Mit wem habe ich die Ehre?», fragte Kommissar Pillermeier galant.

«Mein Name ist Mondschein», stellte sich die Dame mit zarter Stimme vor. «Fräulein Rosalie Mondschein. Ich bin die Inhaberin des örtlichen Gruselkabinetts.»

«In meiner Schnapsbude – hicks – waren auch keine Räuber!», lallte Herr Sternblau. «Heute Morgen – hicks – hat mich zwar ein Außerirdischer besucht – hicks –, ist aber schnell wieder abgeschwirrt – hicks – in seiner ... Dingsda, seiner ... – hicks – fliegenden Untertasse!»

«Wenn Sie beide bisher noch nicht ausgeraubt wurden»,

folgerte der Kommissar mit messerscharfer Logik, «werden die Räuber unter Garantie noch in Ihren Läden auftauchen. Wir werden uns also bei einem von Ihnen auf die Lauer legen.»

Unschlüssig ließ Kommissar Pillermeier den Blick vom rotnasigen Herrn Sternblau zum bleichen Fräulein Mondschein wandern. Schließlich rang er sich zu einer Entscheidung durch: «Ich denke, im Gruselkabinett fallen wir weniger auf als in der Flaschenhandlung.»

Verstohlen wurde gekichert, und der Kommissar maß die Runde mit einem vernichtenden Blick. «Krämerseelen wie Sie», erklärte er hochmütig, «können es selbstverständlich nicht würdigen, wenn Profis wie wir uns jeden Tag aufs Neue für Sie opfern. Und», sagte er voll Hingabe, «wir tun es gerne. Nicht wahr, Rudolf?»

Assistent Flotthammer nickte eifrig, doch dann fasste er seinen Chef am Ärmel und zog ihn in eine Ecke des Juwelierladens. «Herr Kommissar», flüsterte er ganz leise, «ich opfere mich aber nicht gern, und zwar ganz und gar nicht. Wir zwei gegen sechs schwer bewaffnete, skrupellose Profiräuber – wie stellen Sie sich das vor?»

«Ganz einfach», erklärte Kommissar Pillermeier, «indem wir der kräftemäßigen Überlegenheit des Feindes mit der Überlegenheit des Geistes begegnen.» Stolz tippte er sich gegen die Stirn. «Die Strategie ist ausgearbeitet. Mein Plan ist perfekt!»

Bei dem Wort «Plan» nahm Assistent Flotthammers Gesicht ein klein wenig die Farbe seines grünen Overalls an, was Kommissar Pillermeier jedoch nicht im Geringsten störte.

«Rudolf, das sage ich Ihnen», mit leuchtenden Augen schlug er seinem Assistenten auf die Schulter, «heute ist unser Glückstag! Sechs ausgekochte Gauner plündern an Weihnachten eine ganze Stadt aus – was könnte uns Besseres passieren? Dieser Fall wird Aufsehen erregen: Presse, Funk, Fernsehen – alle werden sich um uns reißen. Denken Sie an die *Public Relations*!»

Assistent Flotthammer wusste beim besten Willen nicht mehr, was dieses Wort bedeutete, doch weckte allein der Klang unangenehme Erinnerungen in ihm. Irgendetwas mit Zeitungsartikeln …

«Und das Weihnachtsgeschenk für den Polizeioberrat haben wir auch gefunden», fuhr der Kommissar glücklich fort. «Sechs schwere Jungs in Goldpapier!»

«Ob die beim Einpacken wohl stillhalten?», murmelte Rudolf mit zweifelnder Miene.

Der Kommissar wandte sich wieder den Geschäftsleuten zu. «Verehrtes Fräulein Mondschein», fragte er, «ich darf doch mit Ihrer tatkräftigen Unterstützung rechnen?»

«Es ist mir eine Ehre, Herr Kommissar», sagte Rosalie Mondschein errötend.

«Dann bleibt nur zu hoffen, dass Sie die Schurken dingfest machen können», sagte Sven von Elch mit ernster Miene.

«Wenn nicht», ergänzte Juwelier Klunker, «wird Weihnachten in diesem Jahr zum Trauerspiel: kein Weihnachtsbaum, kein Weihnachtsessen, keine Weihnachtsgeschenke – nichts. Denken Sie nur an die vielen enttäuschten Kinder!»

Verstohlen schnäuzte Rudolf Flotthammer in sein Polizeitaschentuch. «Sie haben ja so Recht, meine Herren», sagte er mit bebender Stimme. «Diesen Verbrechern muss das Handwerk gelegt werden. Weihnachten ohne Geschenke – das ist wie ... wie ...»

«... wie ein Krimi ohne Leichen», ergänzte der Kommissar. «Kleiner Scherz», sagte er schnell, als er die erstaunten Blicke bemerkte. Kavalier vom Scheitel bis zur Sohle, bot er Rosalie Mondschein den Arm: «Gnädiges Fräulein, wenn Sie uns nun bitte zu Ihrem Kabinett führen wollen.»

Würdevoll schritt er im froschgrünen Skioverall mit Fräulein Mondschein am Arm aus dem Juwelierladen. Assistent Flotthammer schleppte die Skier hinterdrein.

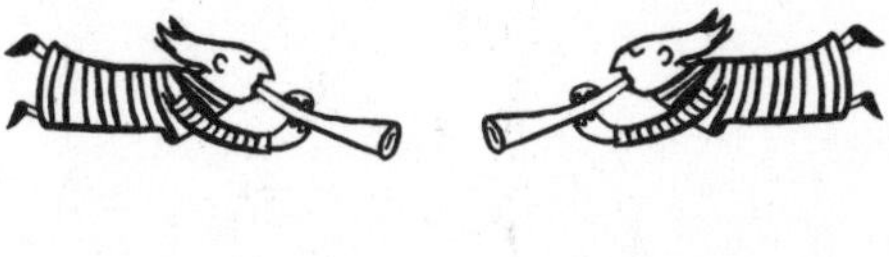

## Gänsehaut

«Wie konntest du nur auf eine solche Schnapsidee kommen», stieß Edi keuchend hervor. «Klauen und Beute verstecken im Akkord – das haut den stärksten Räuber um!»

Am Ende ihrer Kräfte, krochen die drei Räuber förmlich die Treppe zu Tonis Haus hinauf. Mit einem Seufzer der Erleichterung ließen sie sich in die bequemen Wohnzimmersessel plumpsen.

«Seht euch das an», anklagend deutete Ludwig auf seinen Weihnachtsmannmantel, «total zerrissen und verdreckt. Und alles wegen dieser schwachsinnigen Wette!»

«Hört zu, Freunde», trotz seiner Erschöpfung blitzten Tonis Augen vor Zorn, «mit Vergnügen trete ich in Zukunft alle Verantwortung an euch ab. Denken», fauchte er, «ist nämlich viel schwieriger als meckern! Also, wer von euch will künftig der Boss sein?»

Edi und Ludwig duckten sich. «Du bist der Boss, Toni», murmelte Ludwig kleinlaut, und Edi nickte eifrig dazu.

«Dann haltet gefälligst die Klappe», schimpfte Toni aufgebracht, «und glaubt, was ich euch sage: Diese Wette ist die einzige Möglichkeit, die verfluchten Kuckucksbrüder aus unserem Nest zu schmeißen.»

«Aber was machen wir, wenn die Beute nicht reicht?», fragte Edi besorgt. «Wenn die mehr geklaut haben als wir?»

«Die raffgierigen Kerle haben sämtliche Würgeschlangen und die Mörderspinne aus dem Zoogeschäft erbeutet», sagte Ludwig erbittert. «Und für uns blieben die Zwergkaninchen und die Kanarienvögel übrig. Wenn wir nicht aufpassen, Toni, hauen die uns in die Pfanne!»

«Apropos Pfanne», sagte Edi, «von der Plünderei hab ich ganz schön Kohldampf gekriegt. Was gibt's zu essen?»

«Ich hab keine Lust zu kochen!», knurrte Toni und reichte Edi das Telefon. «Bestell was!»

Edi wählte eine Nummer. «Dreimal Räuberspieß», sagte er ins Telefon, «mit Teufelssoße und extrascharfen Chilibohnen. Lieferadresse? Amputationspraxis Toni Morona ... wie bitte?» Er nahm den Telefonhörer vom Ohr. «Die wollen nicht reinkommen, Toni – versteh ich gar nicht!»

«Dann sollen sie das Essen eben vor die Tür stellen!», brummte Toni.

Edi gab die Anweisung weiter, dann legte er auf. «Die Spieße gehen auf meine Rechnung», sagte er großzügig. «Unter all den Socken in Knolls Textilladen versteckt habe ich Frau Knolls Sparstrumpf gefunden. Scheint sich zu lohnen, so ein Textilladen.» Er holte eine Socke aus seiner Manteltasche und ließ eine Reihe glänzender Goldstücke herauspurzeln. «Hübsch, nicht wahr?»

«Heb sie lieber auf», riet Ludwig mit düsterer Miene. «Wenn die Kuckucke uns rausschmeißen, können wir jedes Gramm Gold gebrauchen!»

«Keiner wird uns rausschmeißen!», sagte Toni überzeugt. «Unser Lager unter der alten Fabrik ist bis zur Decke voll gestopft. Morgen Abend kannst du deine Badewanne mit Diamanten füllen und deine Matratze mit Nerzpelzen ausstopfen!»

Zufrieden streckte er sich im Sessel aus und genoss die Nachmittagssonne, die angenehm mild durch die dichte Wohnzimmergardine hereinschien. Nur ungünstig, dass diese Gardine jeden Blick nach draußen verwehrte ...

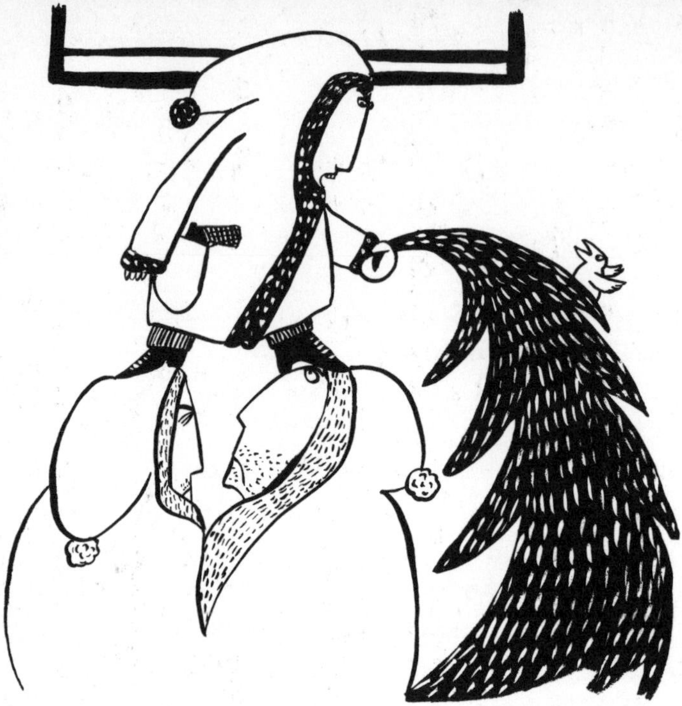

«Das reicht. Runterlassen!»

Mit zwei kräftigen Fußtritten verlieh der kleine Kurti Kuckuck, der auf den Schultern seiner Brüder stand, seiner Forderung Nachdruck. Von Tonis Veranda aus, gut verborgen zwischen den verschneiten Büschen, hatte er durch das gekippte Fenster die Unterhaltung der drei Räuber Wort für Wort mitverfolgt. Jetzt hatte er genug gehört.

«Pass nur auf, mein schlauer Toni», gluckste er, «dass du dir vor Ärger nicht deinen Räuberspieß in den Hintern jagst! He, Konrad, alter Spürhund», er gab seinem Bruder einen Rippenstoß, «such die alte Fabrik. Such, such!»

«Immer mit der Ruhe, Kleiner», knurrte Konrad Kuckuck. «Wollen wir nicht erst mal unsere Fußspuren beseitigen?»

«Was war das?» Toni hob den Kopf. «Schleicht da nicht einer draußen herum?»

Im nächsten Augenblick hatte er die Hintertür aufgerissen und musterte misstrauisch die leere Veranda.

«Du musst dich getäuscht haben, Toni», Ludwig war neben ihn getreten. «Weit und breit keine Spuren zu sehen!» Er wies auf die unberührte Schneedecke.

«Was treibt ihr beiden denn da draußen?», rief Edi aus der Küche. «Das Essen wird kalt!»

Achselzuckend warf Toni einen letzten Blick auf seinen tief verschneiten Garten, dann gingen sie hinein.

«Toni, was denkst du?», fragte Edi kurze Zeit später, mit vollen Backen kauend. «Ist die Stadt komplett leer?»

«Edi», sagte Ludwig mit hochgezogenen Augenbrauen, «du schmatzt wie ein Schwein.»

«Oder gibt es einen Laden», schmatzte Edi völlig unbeeindruckt weiter, «den wir noch ausräumen können?»

Mit einem angewiderten Gesichtsausdruck schob Ludwig seinen Teller zur Seite.

Toni schüttelte den Kopf. «In der Schnapsbude werden wir kaum volle Flaschen finden», sagte er. «Herr Sternblau ist doch selbst sein bester Kunde. Und die merkwürdigen Gestalten im Gruselkabinett ...», er schüttelte sich, «nein danke. Es reicht auch so.»

«Willst du deinen Spieß nicht mehr?», fragte Edi und angelte sich Ludwigs Teller, ohne auf eine Antwort zu warten.

«Nur zu», erwiderte Ludwig, «mir ist der Appetit vergangen.»

«Dein Problem», grinste Edi. Sein Blick fiel zum Küchenfenster, und schlagartig verschwand sein Grinsen. «Moment mal», er sprang auf, «seht ihr, was ich sehe?»

Die drei Räuber stürmten zum Fenster. Gut getarnt hinter Tonis Topfpflanzen beobachteten sie, wie Kommissar Pillermeier, Assistent Flotthammer im Schlepptau und Rosalie

Mondschein am Arm, zielstrebig die Straße entlangmarschierte.

«Was die wohl vorhaben?», überlegte Edi.

«Wenn du doch nur einen Funken Verstand hättest, Edi!», sagte Toni genervt. «Das ist doch völlig klar: Die wollen sich im Gruselkabinett auf die Lauer legen. Wieder mal eine ihrer grandiosen Räuberfallen!»

«Da können sie von mir aus lauern, bis sie schwarz werden!», amüsierte sich Ludwig.

«Stellt euch vor», sagte Toni träumerisch, «die Kuckucksbande würde heute Nachmittag im Gruselkabinett auftauchen und dort auf unsere Herren Kriminalspezialisten treffen: Das wäre ein Schauspiel! ... Wisst ihr was, Freunde», beschloss er, «das sollten wir uns nicht entgehen lassen: hinterher!»

«Vergiss die Kamera nicht, Toni!», rief Edi noch, bevor sie zur Tür hinausrannten.

Das Gruselkabinett von Rosalie Mondschein lag in einem kleinen Nebengässchen, in das sich selten jemand verirrte. Das war auch gut so, denn nicht wenigen Menschen lief beim Anblick des Ladens eine eiskalte Gänsehaut über den Rücken. Im dämmrigen Halbdunkel war alles versammelt, was in der Welt des Grusels Rang und Namen hatte: Frankenstein und Dracula, Henker und Hexen, Aliens und Mumien. Skelette saßen um einen Tisch und spielten Poker. Schleimige Riesenwürmer krochen batteriebetrieben am Boden entlang. Folterbänke, Galgen und Guillotinen luden zum ungemütlichen Verweilen ein. Herrscherin dieses dunklen Reiches war das schüchterne Fräulein Mondschein, das Kommissar Pillermeier und seinen Assistenten nun freundlich hereinbat.

«Herr Kommissar», unglücklich betrachtete Rudolf Flotthammer die riesigen ausgestopften Geier über dem Eingang, «eigentlich wollte ich schon immer einmal Schnaps verkaufen.

Wollen wir uns nicht doch lieber bei Herrn Sternblau auf die Lauer legen?»

Ohne ein Wort wies Kommissar Pillermeier ins Innere des Gruselkabinetts.

Hinter ihnen schloss Fräulein Mondschein die Ladentür ab. «Darf ich bitten, meine Herren ...» Lächelnd deutete sie auf eine hölzerne Streckbank. Rudolf Flotthammer erbleichte bei dem Anblick.

«Herr Kommissar», stammelte er, «wenn ich noch länger werde, passe ich nicht mehr ins Auto. Dann kann ich Sie nirgends mehr hinfahren.»

«Sie vergessen eins, Rudolf», entgegnete der Kommissar kalt lächelnd, «wir haben kein Auto mehr. Also rauf auf die Streckbank!»

Zitternd und zagend ließ Rudolf sich nieder und schloss ergeben die Augen. Dann begann Fräulein Mondschein ihr Werk ...

Als Rosalie Mondschein wie jeden Tag um Punkt 15 Uhr ihre Ladentür aufschloss, waren die beiden Polizisten nicht wieder zu erkennen:

Bleich geschminkt und mit schwarzem Umhang lag Kommissar Pillermeier in einem gläsernen Sarg. Rote Blutstropfen schimmerten feucht in seinen Mundwinkeln und künstliche Vampirzähne blitzten gefährlich.

Er sah täuschend echt aus – wirklich grandios aber war Rudolf als frisch Gehenkter: Einen dicken Strick um den Hals, das Gesicht dunkelviolett angelaufen, die Zunge weit aus dem Mund hängend, baumelte er an einem hohen Galgen, wackelte vergnügt mit den Beinen und summte das komplette Weihnachtsrepertoire des Sträflingschors St. Quintin vor sich hin.

«Wieso schnürt es mir eigentlich nicht die Luft ab?», fragte er von seinem Galgen herunter.

«Betriebsgeheimnis», sagte Fräulein Mondschein mit einem feinen Lächeln.

Die Tarnung war also perfekt – jetzt mussten nur noch die Räuber auftauchen. Es dauerte nicht lange, da strömten die Kunden herein – kein Wunder, war das Gruselkabinett doch fast der letzte Laden im Städtchen, der noch geöffnet hatte. Handtellergroße Spinnen, abgehackte Hände und Karaffen mit Vampirblut verkauften sich wie warme Semmeln und wurden von Fräulein Mondschein wunderhübsch in Weihnachtspapier verpackt.

Den ganzen Nachmittag hindurch lag Graf Dracula Pillermeier unbeweglich in seinem Glassarg, während die Leiche Rudolf an ihrem Galgenstrick schaukelte. Niemand bemerkte, dass die beiden aus Fleisch und Blut waren.

«Also, ich könnte schwören, dass die Augen dieses Gehenkten mir gerade nachgewandert sind», sagte ein junges Mädchen zu ihrer Freundin. «Unheimlich!» Sie schauderte.

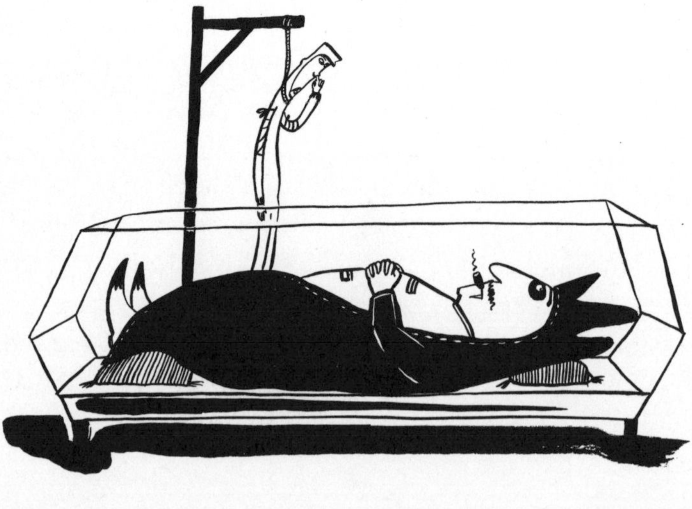

Vor dem gläsernen Sarg diskutierte eine vornehme weißhaarige Dame mit ihrem Enkelsohn. «Ich will den Dracula aber nicht, Großmutter», sagte der Junge so laut, dass man es im ganzen Laden hörte. «Der ist mir zu dick!»

«Fräulein Mondschein», eine Kundin stand bewundernd vor dem aufgehängten Rudolf, «es ist kaum zu glauben, wie echt Ihre Figuren wirken. Wissen Sie, ich baue auch Puppen, aber diese Qualität ist unerreichbar. Ist das Material eigentlich elastisch?»

Noch während sie sprach, kniff sie probehalber kräftig in Rudolfs Zehen. Verzweifelt versuchte der Polizeiassistent, sich zu beherrschen, konnte jedoch ein leises Wimmern nicht unterdrücken.

«Eingebaute Sprechautomatik?», fragte die Dame sachkundig. Rosalie Mondschein, feuerrot angelaufen, konnte nur nicken.

«Ein wahres Kunstwerk», sagte die Kundin anerkennend und kniff Rudolf abermals derb, um das Wimmern noch einmal zu hören. Dann zückte sie ihre Geldbörse.

«Den nehme ich», sagte sie strahlend. «Ob Sie ihn mir wohl gleich in Weihnachtspapier einwickeln können?»

Glücklicherweise war Fräulein Mondschein trotz ihrer Schüchternheit nicht auf den Kopf gefallen. «Tut mir Leid, gnädige Frau», sagte sie schnell, «der Gehenkte ist bereits reserviert.»

«Schade», sagte die Kundin und kniff Rudolf zum Abschied ein letztes Mal. Nur gut, dass sie sich nicht umdrehte – sonst hätte sie das breite Grinsen auf Draculas wachsbleichem Antlitz gesehen: Kommissar Pillermeier amüsierte sich großartig.

«Menf Rudolf», lispelte er durch seine spitzen Vampirzähne, als das Gruselkabinett für einen Augenblick ohne Kunden war, «Fie haben Ihren Beruf verfehlt. Alf wandelnde Leiche wären Fie ja ein echter Verkaufflager!»

«Chef», sagte Rudolf Flotthammer, der langsam genug von seiner Rolle hatte, «kann ich nicht wieder vom Galgen runter? Ich denke nicht, dass die Räuber jetzt noch auftauchen.»

«Affiftent Flotthammer», entgegnete Kommissar Pillermeier, «wir warten.» Mit diesen Worten legte er sich behaglich in seinen Glassarg zurück.

«Die zwei sind ja noch viel schöner als die echten Gruselgestalten», sagte Ludwig, ohne die Lippen zu bewegen. «Los, Edi, schieß ein paar Fotos!»

In ihrer Weihnachtsmannverkleidung standen die drei Räuber regungslos im Schaufenster der Klavierhandlung Klimper und Söhne, die dem Gruselkabinett genau gegenüberlag. Der Ort war geradezu ideal: Jeder Passant musste sie für Schaufensterpuppen halten, sie selbst jedoch hatten ungestörte Sicht auf das Geschehen im Gruselkabinett. Dass einer der Weihnachtsmänner eine Fotokamera um den Hals trug, schien niemanden zu wundern.

Ein schneller Kontrollblick auf die leere Straße, dann riss Edi die Kamera ans Auge und fotografierte wie wild drauflos.

«Hör auf!», zischte Toni plötzlich. «Da kommt jemand.»

Mit angehaltenem Atem verfolgten die Räuber, wie drei Gestalten sich dem Gruselkabinett näherten: tatsächlich drei Weihnachtsmänner!

«Sind sie das, Toni?», wisperte Edi.

«Ich bin mir nicht sicher», sagte Toni. «Die Kuckucksbrüder sind doch viel kleiner ...»

*

Gerade war Assistent Flotthammer an seinem Galgen ein klein wenig eingenickt, als der Kommissar plötzlich zischte: «Achtung!»

Gut, dass ihn die Schlinge um seinen Hals fest hielt, sonst wäre Rudolf Flotthammer vor Schreck vom Galgen geplumpst. «Was ist los, Herr Kommissar?»

Ohne ein Wort deutete Kommissar Pillermeier auf drei seltsame Gestalten, die eben zur Tür hereinkamen: die Weihnachtsmänner!

«Attacke!», dröhnte es plötzlich aus dem Glassarg. Wie ein Springteufel sprang Graf Dracula heraus, und der Gehenkte schnitt sich mit einem blitzenden Messer selbst vom Strick. Den im Laden anwesenden Kunden blieb beinahe das Herz stehen. Im nächsten Augenblick standen die beiden Monster mit gezückten Pistolen vor den völlig verdatterten Weihnachtsmännern. «Floffen hoch!», knurrte Dracula. «Fie find verhaftet!»

«Also, da hört sich doch alles auf», empörte sich einer der Weihnachtsmänner. «Drei ehrbare Weihnachtsmänner derart zu erschrecken! Seit zwanzig Jahren verteilen wir Werbegeschenke bei Sven von Elch.» Er schniefte bekümmert. «Nur weil wir in diesem Jahr unseren Job verloren haben, ist das noch lange kein Grund, uns zu verhaften!»

«Fehen Fie, Rudolf, da haben Fie'f», knurrte der Kommissar vorwurfsvoll. «Jepft könnten wir den Lügendetektor gut gebrauchen. Und Fie find pfuld!»

Schuldbewusst senkte Assistent Flotthammer den Kopf.

«Aber wir werden die Wahrheit auch pfo herauffinden!» Dämonisch zeigte Graf Dracula Pillermeier seine spitzen Eckzähne, und die drei Weihnachtsmänner wichen angstvoll zurück. «Weihnachpfmänner bei Pfen von Elch, wie?», fragte er. «Daf müffen Fie erft einmal beweifen.» Einen Augenblick lang dachte er nach. «Waf für ein Getränk», fragte er dann, «ferviert man in der Cafeteria pfum Kindermenü?»

«Genial, Herr Kommissar», flüsterte Rudolf Flotthammer bewundernd.

«Himbeersaft», sagten alle drei Weihnachtsmänner wie aus einem Munde. «Ist aber in Wirklichkeit nichts als Zuckerbrause ...», fügte einer von ihnen noch hinzu.

«Rudolf», sagte Kommissar Pillermeier enttäuscht, «die find leider echt. Fie können gehen, meine Herren!», nickte er den Weihnachtsmännern zu, die im selben Augenblick aus dem Gruselkabinett stürmten, als wären tausend Teufel hinter ihnen her.

«Ef wird pfon dunkel», sagte der Kommissar nachdenklich. «Affiftent Flotthammer», er wies auf die Ladentür, «prüfen Fie die Lage!»

Vorsichtig spähte Assistent Flotthammer hinaus. «Bis auf die Schaufensterpuppen im Klavierladen gegenüber weit und breit kein Weihnachtsmann zu sehen», meldete er.

«Mift!», ärgerte sich Kommissar Pillermeier. «Was nüpft die pföhnfte Tarnung, wenn die Pfurken nicht in die Falle gehen?»

«Aber morgen ist Weihnachten, Herr Kommissar», sagte Assistent Flotthammer unglücklich. «Wir wollen doch den Kindern die Geschenke zurückbringen! Und was ist mit dem Polizeioberrat?»

«Keine Forge, Rudolf», erklärte der Kommissar. «Plan Nummer einf ist gepfeitert, alfo tritt automatif Plan Nummer pfei in Kraft.»

«Plan Nummer zwei?», wiederholte Rudolf misstrauisch. «Wie sieht der aus?»

«Pfuerft einmal fahren wir pfurück pfur Polipfeiwache», entschied der Kommissar.

Zitternd drückten sich die Kunden an die Wand, als der Vampir und die wandelnde Leiche, Pistolen in der Hand, auf Rosalie Mondschein zuschritten. «Fräulein Mondfein», lispelte Kommissar Pillermeier gewichtig, «ef ift bereipf fpät. Ich denke nicht, daff die Räuberbanden heute noch bei Ihnen aufkreuppfen werden.»

«Vielleicht könnte ich Ihnen das Vampirgebiss wieder herausnehmen, Herr Kommissar», schlug Fräulein Mondschein leicht errötend vor.

«Dann tun Fie ef bitte!»

Beide Polizisten legten ihre Pistolen auf den Ladentisch und folgten Fräulein Mondschein zur Streckbank. Genau fünf Minuten benötigte sie, um Graf Dracula in einen harmlosen Kriminalkommissar und den frisch Gehenkten in einen noch harmloseren Polizeiassistenten zurückzuverwandeln. Die Schminke allerdings, von erstklassiger Theaterqualität, ging trotz kräftigem Rubbeln nicht ab – da hätte sie schon die Gesichtshaut mit entfernen müssen.

So verabschiedeten sich schließlich ein sehr weißgesichtiger Kommissar und ein sehr violettgesichtiger Assistent Flotthammer von Fräulein Mondschein, stiegen auf ihre Skier und machten sich in der Dunkelheit auf den Rückweg zur Polizeiwache.

## Goldrausch

«Schade», sagte Toni. «Die Kuckucksbrüder waren wohl zu feige fürs Gruselkabinett!»

«Seht euch bloß den Fahrstil an!» Ludwig wies auf die beiden Polizisten, die gerade um die nächste Straßenbiegung verschwanden. «Dagegen ist jede Planierraupe ein Schneeartist!»

Toni gähnte herzhaft. «Nach dem langweiligen Nachmittag könnte ich ein bisschen Unterhaltung gebrauchen», sagte er. «Was haltet ihr davon», mit diesen Worten zog er eine Rolle Draht aus der Tasche, «wenn wir den Herren Kriminalspezialisten das Skifliegen beibringen?»

«Endlich mal wieder 'ne richtig gute Idee von dir, Toni!»

Ein letzter Blick auf die Straße, dann schlichen die drei Räuber sich aus dem Schaufenster und den Polizisten hinterher.

Hätten Kommissar Pillermeier und Rudolf Flotthammer die drohende Gefahr geahnt, sie hätten ihre Skier Skier sein lassen und wären Hals über Kopf zur sicheren Polizeiwache gerannt. So aber kämpften sie sich mühsam Meter für Meter vorwärts – bis der Kommissar aus heiterem

Himmel stehen blieb. Rums! krachte Rudolf ihm zwischen die Beine.

«Können Sie nicht aufpassen, Rudolf?», schimpfte der Kommissar. «Was bitte lernt jeder Polizist bereits in der Grundausbildung? Auf der Stelle nennen Sie mir die drei wichtigen Sichten im Straßenverkehr!»

Vorsichtig hakte Assistent Flotthammer seine Skispitzen aus den Skistiefeln des Kommissars und dachte angestrengt nach. «Augenblick», sagte er, «gleich hab ich's. Die drei wichtigen Sichten im Straßenverkehr sind Ansicht, Aufsicht und Klarsicht. Oder war es Kurzsicht? Ach nein ... Absicht und Einsicht. Oder sind es Umsicht, Draufsicht und Weitsicht? Vielleicht Durchsicht? ... Aussicht?» Seine Stimme erstarb.

Kommissar Pillermeier seufzte tief. «Die wichtigen Sichten im Straßenverkehr, Rudolf, sind Vorsicht, Rücksicht und Übersicht. Sagen Sie, mit welcher Note haben Sie eigentlich die Polizistenprüfung abgeschlossen?»

«Warum haben Sie so plötzlich angehalten, Herr Kommissar?», lenkte Rudolf schnell ab – mit Erfolg.

«Hier glitzert etwas», sagte der Kommissar und bückte sich. «Sieht aus wie ein Goldstück», stellte er fest und biss prüfend darauf. «Autsch! Scheint echt zu sein.»

Zehn Meter hinter den beiden Polizisten funkelte Toni seine Kumpane an. «Wer von euch beiden war so unglaublich dämlich, Goldmünzen zu verlieren?»

Der Zorn in seiner Stimme ließ Edi und Ludwig das Blut gefrieren.

«Ich ... ich fürchte, ich war's», stotterte Edi kleinlaut. «D... die muss ... mir heute früh aus der Tasche gefallen sein, irgendwie ... D... der Sparstrumpf von Frau Knoll ... du weißt doch, Toni ...»

«Bete darum, dass es die einzige ist!», sagte Toni kalt.

«Herr Kommissar», rief Assistent Flotthammer aufgeregt, «ich habe auch eine Goldmünze gefunden!»

Jetzt wurde Kommissar Pillermeier endgültig vom Schatzfieber gepackt. «Davon muss es noch mehr geben», sagte er aufgeregt. «Schauen Sie genau hin, Rudolf!»

Tief über ihre Skier gebeugt suchten die beiden Polizisten Zentimeter für Zentimeter den Schnee ab. Längst waren sie von der beleuchteten Hauptstraße abgekommen und fuhren durch finstere Gassen. Und immer wieder fanden sie Goldmünzen!

«Weißt du Vollidiot, was du angerichtet hast?» Toni kochte vor Wut. «Du hast mit deinen Goldmünzen eine Spur zu unserem Beutelager gelegt.»

Entsetzt starrte Edi ihn an.

«Noch so einen Schnitzer, und du kannst dich bei den Kuckucksbrüdern bewerben!», knurrte Toni. «Die werden dich sicher mit offenen Armen empfangen.»

«Was machen wir jetzt?», fragte Ludwig und deutete auf den Kommissar und seinen Assistenten, die sich unaufhaltsam der alten Fabrik näherten.

«Was wohl?», grollte Toni. «Wir werden dabei zusehen, wie diese Trottel von Polizisten direkt in unser geheimes Lager stolpern. Dann werden wir sie dort unten einsperren, damit sie keinen Ärger machen. Und nach Weihnachten wird Edi ganz allein ein neues Lager organisieren!»

«In Ordnung, Toni», sagte Edi zerknirscht.

«Wir sind reich, Rudolf!», sagte Kommissar Pillermeier mit bebender Stimme. «Mit dem vielen Gold werde ich als Erstes das Polizeihochhaus kaufen! Jeden Morgen wird mir der alte Grantheimer mit einer tiefen Verbeugung die Tür aufhalten …»

Unruhig blickte Assistent Flotthammer die finstere Gasse

auf und ab. «Ich kann mir nicht helfen, Chef», sagte er, «die Sache gefällt mir nicht. Kennen Sie die Geschichte vom Goldesel?»

«Selbstverständlich», erwiderte der Kommissar. «Dieser Esel hat alle seine Besitzer reich gemacht, oder etwa nicht?»

«Aber anschließend kam dann gleich der Knüppel aus dem Sack», gab Rudolf zu bedenken.

Doch Kommissar Pillermeier hörte ihm gar nicht zu. «Das ist Gold, Rudolf, pures Gold! Wir sind reich für unser Lebtag!»

Die nächste Goldmünze schimmerte ihnen vom Fuße einer Treppe entgegen. Steil nach unten führten die Stufen, in den Keller eines alten Fabrikgebäudes. Einzelheiten konnte man in der Dunkelheit nicht erkennen.

«Das», flüsterte Kommissar Pillermeier heiser, «ist der Abstieg zu Reichtum und Ruhm! Mit Sicherheit ist dort unten ein

Schatz verborgen. Assistent Flotthammer», sagte er großzügig, «Sie dürfen nun Ihre Skier abschnallen und die Treppe hinuntersteigen. Ich werde Ihnen von hier oben Deckung geben.»

Grübelnd betrachtete Rudolf die düstere Treppe und das Goldstück, das ihnen verführerisch entgegenblinkte. «Herr Kommissar», fragte er abermals, «erinnern Sie sich an die Maus in unserer Speisekammer, die an einem Stück Speck erstickt ist?»

«Assistent Flotthammer», die Augen des Kommissars blitzten, «wenn Sie mir weiterhin Geschichten von Mäusen und Goldeseln erzählen, werden Sie mir noch heute Abend Ihr Abschlusszeugnis der Polizeischule vorlegen. Und wenn dieses Zeugnis so ist, wie ich es mir vorstelle, dann werde ich Sie degradieren: zum Polizei*diener*! Also los, runter mit Ihnen!»

Seufzend schnallte Rudolf die Skier ab und machte sich an den Abstieg.

«Können Sie etwas erkennen?», fragte Kommissar Pillermeier aufgeregt. «Was ist dort unten?»

«Warten Sie», hallte die Stimme des Polizeiassistenten nach oben, «jetzt bin ich ganz unten ... Da ist eine Tür», der Kommissar vernahm ein lautes Quietschen, «hier drinnen liegt noch eine Münze ...»

Jetzt gab es für Kommissar Pillermeier kein Halten mehr. «Der Schatz!», jauchzte er. «Rudolf, ich komme!»

Schnell wollte er die Treppe hinunterrennen, vergaß jedoch in seiner Aufregung völlig, dass er noch Skier an den Füßen trug. So machte der Kommissar den ersten Schanzensprung seines Lebens – wobei seine schräge Körperhaltung vorbildlich war, nur die Landung hätte vermutlich deutlichen Punktabzug gegeben.

Kaum hatte er sich aufgerappelt, strampelte er ungeduldig die traurigen Überreste seiner Skier von den Füßen. «Wo ist das Gold?», rief er und riss die Kellertür auf.

«Hier unten sieht man die Hand nicht vor Augen», hörte er Rudolfs Stimme aus der Dunkelheit heraus sagen. «Das gefällt mir ganz und gar nicht. Wollen wir nicht lieber wieder verschwinden?»

«Verschwinden?», fragte Kommissar Pillermeier. «Da drinnen warten Berge von Gold auf uns – und Sie wollen verschwinden? Typisch mein Assistent», sagte er spöttisch, «Rudolf Schlotterhammer, der alte Hasenfu...»

Er hatte noch nicht ausgeredet, als draußen auf der Treppe Schritte ertönten. Der Kommissar wurde bleicher als seine Schminke.

«Wir ziehen wohl besser unsere Waffen!», zischte er.

Im gleichen Augenblick fiel beiden Polizisten schlagartig ein, dass ihre Pistolen nach wie vor auf dem Ladentisch von Fräulein Mondschein lagen. Keiner wollte es dem anderen eingestehen, und so streckten sie in der Dunkelheit kurzerhand ihre Zeigefinger aus.

Die Kellertür wurde von außen aufgerissen, das Deckenlicht flutete auf, und drei bewaffnete Weihnachtsmänner bauten sich vor dem Kommissar und seinem Assistenten auf.

«Hände hoch, aber dalli!»

Hoffnungsvoll blickte Kommissar Pillermeier auf Rudolfs ausgestreckten Zeigefinger, ebenso hoffnungsvoll blickte Rudolf auf den Zeigefinger des Kommissars. Dann zuckten beide verlegen mit den Achseln und nahmen die Hände über den Kopf.

«Unsere Herren Kriminalspezialisten», sagte Toni liebevoll, «stolpern einem immer genau dann vor die Füße, wenn man sie am wenigsten brauchen kann.»

«Rück das Gold heraus», fuhr Edi Kommissar Pillermeier an. «Das gehört mir!»

Zähneknirschend leerte der Kommissar seine Overalltaschen aus.

«Sie sehen gar nicht gut aus, meine Herren», kopfschüttelnd betrachtete Toni die beiden Polizisten. «Der eine weiß wie die Wand, der andere violett – sind Ihnen die Horrorgestalten im Gruselkabinett etwa auf den Magen geschlagen?»

«Wie kann er das wissen?», flüsterte Rudolf Flotthammer.

«Jedenfalls werden Sie jetzt Gelegenheit haben, sich gründlich zu erholen», fuhr Toni im gleichen freundlichen Tonfall fort. «Bitte hier entlang … Vorsicht, Stufen!»

Aufmunternd winkten Edi und Ludwig mit ihren Pistolen, und so stiegen Kommissar und Assistent widerspruchslos eine weitere Treppe hinab. Was sie nun erblickten, verschlug ihnen den Atem: Tief unter der Erde bot sich ein Anblick wie aus einem Weihnachtsmärchen!

In dem unterirdischen Gewölbe schimmerte ein ganzer Wald von herrlich geschmückten Tannenbäumen. Große Festtafeln bogen sich förmlich unter der Last von feinsten Schlemmereien: Berge von Schokoladen, Pralinen, Zuckerstangen, Brausebonbons und Gummibärchen. Pyramiden aus Torten, Pasteten und Sahnebaisers. Eine ganze Armee von Champagnerflaschen. Schinken, Würste und Räucherlachse, die in langen Reihen an der Decke hingen. Winzig kleine Kaviardöschen neben wagenradgroßen Käselaiben.

Unter dem größten Weihnachtsbaum sangen die Keramikwichtel unverdrossen: «Ich steh an deiner Krippen hier» – nur, dass es diesmal der Wahrheit entsprach, standen doch hinter den Wichteln hundert verschiedene Weihnachtskrippen. Um alle Spielsachen auszuprobieren, hätte ein Jahr nicht gereicht. Schatullen mit kostbarem Schmuck, Schränke voller Pelzmäntel, Fernseher, Radios, Trimm-dich-Fahrräder und Eierkocher: Es gab einfach alles, was das Herz begehrte. Selbst der Whirlpool aus dem Möbelhaus Sven von Elch blubberte in einer Ecke friedlich vor sich hin. Gleich daneben hockte der Mops aus der Tierhandlung Kreuch inmitten einer Familie von Zwergkaninchen.

«Schämen Sie sich nicht!», fuhr Kommissar Pillermeier die drei Räuber an. «All die wunderbaren Weihnachtsgeschenke hier unten in Ihr Räuberlager zu stopfen!»

«Aber mein lieber Herr Kommissar, was regen Sie sich auf?», fragte Toni achselzuckend. «Wir haben den Leuten doch nur einen Riesengefallen getan. *Was schenken wir bloß Onkel Willi?*», flötete er mit verstellter Stimme. «*Oh, Tante Klara, genau so eine Wärmflasche habe ich mir immer gewünscht!* ... Dieses Jahr», fuhr er mit seiner normalen Stimme fort, «muss keiner sich den Kopf zerbrechen, keiner seine Freude heucheln – es gibt einfach nichts zu schenken!»

«Herr Kommissar», sagte Rudolf Flotthammer nachdenklich, «da ist was dran. Denken Sie doch nur an die abscheulich hässliche Teekanne in Polizeimützenform, die ich letztes Jahr zu Weihnachten bekommen habe.»

«Rudolf», erwiderte der Kommissar mit gepresster Stimme, «die war von mir. Und ich versichere Ihnen, das war das letzte Geschenk, das Sie je von mir …»

«Aber, aber, meine Herren», unterbrach Toni, «bitte keinen Streit, so kurz vor Weihnachten. Ich darf Sie nun einladen, unsere Gäste zu sein.»

Auf Tonis Wink hin schoben Edi und Ludwig eine massive Gittertür vor die Treppe und verriegelten sie sorgfältig: Kommissar Pillermeier und Rudolf Flotthammer saßen in der Falle!

«Verflixtes Pech aber auch!», raunte Assistent Flotthammer seinem Chef zu. «Jetzt schaffen wir es bestimmt nicht mehr, ein Geschenk an den Polizeioberrat zu schicken.»

«Das bedeutet ein Jahr länger Verbannung», murmelte der Kommissar trübselig. «Mindestens!»

«Moment mal», Toni wurde hellhörig, «was haben Sie da eben gesagt?»

«Dass wir ohne Geschenk für unseren Vorgesetzten ein Jahr länger in diesem Kaff festsitzen werden», erklärte Kommissar Pillermeier. «Doch Schurken wie Sie wird das ja nur freuen!»

Toni, Edi und Ludwig blickten sich an. «Ganz im Gegenteil», sagten sie wie aus einem Munde. Dann deutete Toni auf das Beutelager. «Wählen Sie aus!», sagte er überschwänglich. «Wir werden dafür sorgen, dass Ihr Vorgesetzter das Geschenk pünktlich zu Weihnachten erhält.»

Kommissar Pillermeier sah ihn misstrauisch an.

«Ehrenwort!», beteuerte Toni.

«Pah, Ehrenwort!», knurrte der Kommissar. Doch er begann, prüfend die Geschenkeberge abzuschreiten. Schließlich kam er zurück – in der Hand eine große Schachtel Pralinen.

«Etwas unpersönlich», erklärte er leicht verlegen, «aber man ist doch einfach auf der sicheren Seite.»

«Und ich», flüsterte Toni seinen Kumpanen zu, «kenne ein paar nette Fotos, mit denen das Geschenk gleich persönlicher wird!» Laut sagte er durch das Gitter: «Meine Herren, Sie können sich ganz auf uns verlassen. Und sollte Ihnen langweilig werden: Dort hinten steht eine wunderbare Musikanlage – und eine Weihnachtsplatte vom Gefangenenchor St. Quintin. Sehr zu empfehlen!» Dann waren die drei Räuber verschwunden.

«Verflixtes Pech aber auch!», wiederholte Rudolf Flotthammer. «Der Goldschatz ist weg, und unsere Polizeiweihnacht wird auch ausfallen – wo Sie doch schon so lange an Ihrem Weihnachtsgedicht arbeiten! Meinen Sie, die Räuber haben Sinn für Poesie?»

«Poesie hin, Poesie her», knurrte Kommissar Pillermeier, «ich für meinen Teil habe jetzt Hunger.» Der Anblick all der Leckereien ringsum ließ ihn vollkommen vergessen, dass er sich heute bereits ein Sieben-Gänge-Schlemmermenü einverleibt hatte. «Rudolf, richten Sie uns erst einmal ein nettes Abendessen. Danach werde ich einen Plan zu unserer Rettung ausarbeiten.»

«Einen Plan?», fragte Rudolf alarmiert. «Vielleicht sollten Sie sich heute Abend besser ausruhen, Herr Kommissar. War ein anstrengender Tag!»

Gerade hatten sie sich die Servietten um den Hals gebunden, da hörten sie erneut Schritte auf der Treppe.

«Die Kerle kommen zurück», sagte Kommissar Pillermeier verdutzt. «Was wollen Sie denn noch?», rief er den drei Weihnachtsmännern zu, die nun vor der Gittertür erschienen waren. «Kann man denn nicht einmal in Ruhe zu Abend essen?»

«Ja, wen haben wir denn da?», fragte einer der Weihnachtsmänner entzückt. Schnell holte er einen Zeitungsausschnitt aus der Tasche und verglich das Foto darauf mit den beiden Gefangenen. «Wenn das nicht die ‹total fahruntüchtigen dämlichen Polizisten› aus der Zeitung sind …»

«Haha – sehr komisch», sagte Kommissar Pillermeier übellaunig. «Als ob Sie das nicht genau wüssten! Schließlich tragen Sie allein die Schuld am tragischen Ende unseres Polizeiautos!»

Doch die Weihnachtsmänner taten, als hätten sie den Vorwurf nicht gehört. «Beute inklusive Polizisten – wie auf dem Silbertablett», sagte der Zweite stolz. «Na, bin ich nicht erstklassig?»

«Ein erstklassiger Stümper bist du!» Der kleinste der Weihnachtsmänner gab seinem Kollegen einen Rippenstoß. «Du hast uns ganz schön lang im Kreis herumgeführt, Schnüffelhund.»

«Was kann ich dafür?», brummte der Angesprochene. «Das Lager war verdammt gut versteckt – Toni ist zwar ein Kotzbrocken von Räuber, aber eben auch ein schlauer Fuchs!»

Erstaunt hatten Kommissar Pillermeier und Rudolf Flotthammer zugehört. «War wohl ein bisschen viel Plünderei für die armen Kerle», flüsterte der Kommissar spöttisch.

Sorgfältig begutachtete der kleine Weihnachtsmann das Schloss an der Gittertür. «An eurer Stelle würde ich 'nen Schritt zurückgehen», sagte er. «Sonst verhökern wir euch als 1000-Teile-Puzzle.» Er zauberte ein Bündel Sprengstoff aus seinem Sack und steckte es zwischen die Gitterstäbe.

«Die sind tatsächlich übergeschnappt!», murmelte Kommissar Pillermeier, während sie hinter einem Weihnachtsbaum in Deckung gingen. «Warum sperren sie nicht einfach auf?»

«Uns sind die Schlüssel ins Klo gefallen», feixte der kleine

Weihnachtsmann, der verflixt scharfe Ohren haben musste. «Aber dafür hat ein Klo...missar doch bestimmt Verständnis!»

Rudolf schüttelte langsam den Kopf. «Das sind nicht die Räuber von vorhin», sagte er leise. «Das sind die anderen! Die von der Kuckucksbande!»

«Schlaues Kerlchen!», nickte der kleine Kurti, bevor er die Sprengladung zündete. Es gab einen ohrenbetäubenden Knall, an den Weihnachtsbäumen zerbarsten sämtliche Glaskugeln und die Tür hing aus den Angeln.

Kalle Kuckuck riss Kommissar Pillermeier und Rudolf Flotthammer die Servietten vom Hals. «Abendessen fällt aus!», knurrte er.

«Schaut euch das an», beeindruckt schritt Konrad Kuckuck das Lager ab, «da hätten die Zuckerbübchen die Wette doch glatt gewonnen!»

«Ach», seufzte Kalle Kuckuck, «ich würde ja zu gerne morgen ihre Gesichter sehen. Wie ihnen die Klappe herunterhängen wird, wenn der Weihnachtsmann seine Geschenke wieder mitgenommen hat. Und ihr beide», er deutete auf den Kommissar und seinen Assistenten, «kommt auch in den Sack!»

«Po-li-zis-ten-pack – rein-in-den-Sack!», krähte der kleine Kurti.

«Falsches Versmaß», sagte Kommissar Pillermeier missbilligend, bevor Konrad Kuckuck ihm von hinten den Sack überstülpte.

## Rendezvous mit Elvira

Im Gegensatz zu Toni, Edi und Ludwig hatten die Kuckucksbrüder ihr geheimes Beutelager nicht unter der Erde, sondern in einer alten Ruine angelegt. Diese Ruine war der Überrest einer kleinen Burg, in der vor langer Zeit ein unbedeutendes Rittergeschlecht über das Städtchen geherrscht hatte. Außer Frau Museumsdirektorin Jungstein, die von Berufs wegen eine Vorliebe für alte Gemäuer hatte, kannte die Burg niemand mehr. Mitten im Wald gelegen, ragten ihre Zinnen nicht einmal über die Baumwipfel hinaus – das ideale Versteck für Beute aller Art!

Genau zwanzigmal fuhren die Kuckucksbrüder mit ihrem großen Geländewagen hin und her, dann war das Lager von Toni, Edi und Ludwig leer und die Burgruine voll gestopft bis unter die Dachbalken.

«Hätten wir uns vorhin bloß mit dem Essen beeilt.» Sehnsüchtig blickte Rudolf Flotthammer auf eine Platte mit Schokoladebrezeln. «Ich glaube nicht, dass wir jetzt noch etwas abkriegen.»

Tatsächlich waren die Aussichten darauf schlecht – obwohl in der großen runden Turmstube, in der sie nun saßen, die köstlichsten Dinge zum Greifen nah standen. Ohne lange zu fackeln, hatten die Kuckucksbrüder den Kommissar und seinen Assistenten auf zwei Stühle gefesselt. Wie zwei gewickelte Spinatrollen sahen sie in ihren grünen Overalls aus, und nicht einmal den kleinen Finger konnten sie mehr rühren. Absolute Profifesselung.

Kalle Kuckuck baute sich nun breitbeinig vor ihnen auf.

«Ihr Provinzpolypen habt eine ungesunde Gesichtsfarbe», stellte er fest. «Hat euch der schlaue Toni schlecht behandelt, was? Macht euch nichts draus: Der Kerl hatte schon immer einen miesen Charakter. Dankt also eurem Schicksal, dass ihr jetzt bei uns gelandet seid.»

Kommissar Pillermeier murmelte etwas zwischen den Zähnen, was ganz und gar nicht nach Dank klang.

«Nicht frech werden, Rollmops», sagte Kalle Kuckuck drohend. «Sonst machst du nähere Bekanntschaft mit unserer Süßen hier!»

Grinsend hielt er einen Glaskasten in die Höhe, in dem ein Albtraum auf acht Beinen herumkrabbelte: eine Spinne, schwarz, haarig und groß wie eine Männerhand.

«Das muss Elvira sein», sagte Rudolf Flotthammer aufgeregt, «Elvira, die Mörderspinne. Sehen Sie doch nur, Herr Kommissar: Die Ärmste ist ganz aus dem Häuschen!»

«Das fehlte gerade noch», knurrte der Kommissar. «Mir ist es lieber, die Ärmste bleibt im Häuschen!» Voll Unbehagen betrachtete er den Glaskasten, der zu allem Überfluss auch noch oben offen war.

«Also, keine Dummheiten!», warnte Kalle Kuckuck und stellte den Kasten samt Spinne vor den Polizisten auf den Boden.

«Und wir drei», wandte er sich an seine Brüder, «könnten doch die Schnapsbude und das Gruselkabinett ausräumen. Nette kleine Abendunterhaltung. Was haltet ihr davon?»

«Machen wir», rief der kleine Kurti begeistert. «Frisch geräubt – nie gereut!»

Geräuschvoll polterten die drei Kuckucksbrüder die Treppe hinunter.

«Nun wird sie doch ausgeraubt, das arme Fräulein Mondschein, wo sie so nett zu uns war!», sagte Rudolf Flotthammer traurig in die anschließende Stille hinein.

Vergeblich zerrte Kommissar Pillermeier an seinen Fesseln. «Rudolf, bedauern Sie nicht Fräulein Mondschein», keuchte er, «denken Sie lieber über unsere Rettung nach!»

Gehorsam dachte Rudolf nach – bis der Kommissar ihn endlich unterbrach: «Rudolf, ich will versuchen, zu einem der Tische zu gelangen. Dort kann ich dann an der Tischkante die Fesseln durchschaben.»

Mit gerunzelter Stirn sah Assistent Flotthammer ihn an.

«Das funktioniert», versicherte Kommissar Pillermeier. «Ich habe es schon einmal in einem Agentenfilm gesehen.»

Vorsichtig begann er, auf seinem Stuhl hin- und herzuschaukeln. Eigentlich wollte er, wie der Agent im Film, Zentimeter für Zentimeter nach vorne rutschen, doch war bei ihm der Effekt viel beeindruckender: Bereits beim dritten Schaukeln kippte er mitsamt Stuhl krachend zu Boden. Da lag er nun – Auge in Auge mit Elvira!

Assistent Flotthammer hatte die Anstrengungen seines Chefs gespannt beobachtet. «Wie», fragte er jetzt, «hat es der Agent eigentlich geschafft, den Stuhl am Tisch wieder aufzurichten?»

Auf eine Antwort wartete er vergeblich.

Zwei Stunden später war die Szenerie unverändert trübselig. Wie ein gestrandeter Wal hing der Kommissar an seinem umgestürzten Stuhl. Assistent Flotthammer saß zwar aufrecht, musste dafür aber dringend aufs Klo, und beiden Polizisten knurrte anhaltend der Magen. Großen Appetit verspürte offenbar auch die Mörderspinne Elvira, die sich energisch darum bemühte, ihrem Glaskasten zu entrinnen: Immer wieder nahm sie Anlauf, hangelte sich mit ihren langen, haarigen Beinen die Glaswand hinauf, rutschte ein Stück zurück, zog sich mit eisernem Willen wieder hoch, tastete schon mit dem Vorderbein nach der Kante … – nur um im allerletzten Moment wieder nach unten zu kullern. Kommissar Pillermeier, dessen Nasenspitze den Glaskasten berührte, überlief es bei Elviras Anblick abwechselnd heiß und kalt. Immer wütender wurde die Spinne, immer hektischer ihre Bewegungen. Blindlings rannte sie gegen das Gesicht des Kommissars – nur die hauchdünne Glasschicht dazwischen …

«Entspann dich doch», sprach Kommissar Pillermeier einschmeichelnd auf Elvira ein. «Schlaf einfach ein wenig.» Doch die Spinne dachte gar nicht daran.

Zu allem Überfluss begann nun die Petroleumlampe bedenklich zu flackern und drohte schließlich ganz auszugehen. Schon malte der Kommissar sich mit gesträubtem Nackenhaar aus, wie es wohl sein würde, mit einer Mörderspinne vor der Nase im Stockfinsteren zu liegen, nicht wissend, auf welcher Seite der Glaswand sie sich gerade befand, als er von unten Schlüsselklappern und Stimmen hörte: Die Kuckucksbrüder kehrten zurück.

Schwer beladen mit Mumien und Skeletten aus dem Gruselkabinett, stolperten die Räuber in die Turmstube. Sie waren in glänzender Stimmung.

«War 'ne verdammt lustige Stehparty bei diesem Sternblau», sagte Kalle Kuckuck verschwommen. «Die drei halb vollen Schnapsflaschen hätten das Mitnehmen ohnehin nicht gelohnt!»

«Das Beste war der Wunschzettel, den er uns mitgegeben hat», verkündete Konrad Kuckuck lautstark. «Ich wusste gar nicht, dass es so viele Schnapssorten auf der Welt gibt.»

«Sagt mal», vergeblich bemühte sich Kalle Kuckuck, die Tür zur Turmstube zu schließen, «hat einer von euch eine Ahnung, wo die Türklinke geblieben ist?»

«Hab ich aufgefressen», behauptete der kleine Kurti.

«Blödsinn», lallte Konrad Kuckuck. Leicht schwankend hielt er sich am Türrahmen fest. «Das Ding ist heute Morgen abgefallen. Wartet, ich hab's eingesteckt.» Er kramte in seiner Manteltasche. «Komisch», meinte er schließlich achselzuckend, «muss sich irgendwie in Luft aufgelöst haben. Na, ist ja auch egal.»

Sich gegenseitig stützend, wankten die drei Kuckucksbrüder auf Kommissar Pillermeier und Assistent Flotthammer zu.

Mit sichtlicher Freude betrachtete der kleine Kurti den umgekippten Kommissar: «Was sagst du dazu, Elvira», krähte er, «fällt dir dein stürmischer Verehrer glatt zu Füßen!»

«So viel Leidenschaft hätte ich unserem Polizisten gar nicht zugetraut», erklärte Kalle Kuckuck grinsend. «Seht mal, Brüder: Der ist ja noch bleicher als vorher. Ob das die Liebe ist?»

«Stellen wir ihn doch zu denen hinüber.» Konrad Kuckuck zeigte auf die Figuren aus dem Gruselkabinett. «Da passt er hin.»

Unter dröhnendem Gelächter hoben die Kuckucksbrüder ihren gefesselten Gefangenen auf und stellten ihn mitten unter die Schauergestalten.

Trotz der schmählichen Behandlung fühlte Kommissar Pillermeier sich in der Senkrechten gleich viel besser. «Heraus mit der Sprache», raunzte er die Kuckucksbrüder an, «was habt ihr mit uns vor?»

«Gute Frage», sagte Kalle Kuckuck. «Selbst bei euch sollte

sich schon herumgesprochen haben, dass morgen Heiligabend ist. Wir werden also unser ganz spezielles Weihnachtsfest feiern, ganz im traulichen Kreis: wir drei, ihr zwei und unsere Süße da drin.» Lächelnd klopfte er an Elviras Glasscheibe.

«Und wir werden uns alle miteinander gern haben», freute sich der kleine Kurti. «Zum Fressen gern!»

«Chef», flüsterte Rudolf Flotthammer, «ich kann mir wirklich nicht vorstellen, dass das der passende Rahmen für Ihr Weihnachtgedicht sein wird. Vielleicht sollten Sie die Verse bis zum nächsten Jahr aufheben?»

«Hört mal, Brüder», sagte Konrad Kuckuck, «anstatt hier auf der faulen Haut rumzuliegen, könnten die Bullen sich doch nützlich machen. Was haltet ihr davon, wenn wir die beiden ein paar Geschenke einpacken lassen? Weihnachten», grinste er, «ist doch erst richtig schön, wenn man etwas auspacken kann.»

«Das wird leider nicht möglich sein», sagte Kommissar Pillermeier schnell. «Bedauerlicherweise hat mir der Arzt verboten, Geschenke einzupacken. Klebstreifenallergie», fügte er erklärend hinzu, als die Räuber ihn ungläubig anblickten.

Jetzt grinsten alle drei Kuckucksbrüder. «Aber, aber», sagte Kalle Kuckuck, «wer will sich denn da vor der Arbeit drücken?» Suchend blickte er sich um. «Haben wir nicht heute Morgen diesen Schreibwarenladen ausgeplündert? Da müsste doch jede Menge Weihnachtspapier dabei gewesen sein – und garantiert schadstofffreier Klebstreifen!»

Schnell rückten die drei Räuber Kommissar Pillermeier und Rudolf Flotthammer an einen großen Tisch und türmten bergeweise Geschenke vor ihnen auf.

«An die Arbeit!»

Kalle Kuckuck lockerte ihre Armfesseln, während seine Brüder Weihnachtspapier und Scheren bereitlegten.

«Und dass ihr mir ja schöne Schleifen macht», drohte der kleine Kurti. «Sonst knote ich euch die Ohrläppchen am Hinterkopf zusammen!»

Missmutig nahmen Kommissar Pillermeier und Assistent Flotthammer die Scheren zur Hand. Ihre Stimmung war endgültig auf dem Nullpunkt angelangt. Doch als sie nun die

Geschenke auf dem Tisch näher in Augenschein nahmen, vergaßen sie ganz die üble Lage, in der sie steckten.

«Ein ferngesteuerter Lamborrari», liebevoll strich Rudolf über einen knallgelben Flitzer, «einfach traumhaft!»

«Sehen Sie sich das an, Rudolf!» Der Kommissar hielt einen bunten Karton in die Höhe. «Genau die richtige Geschenkidee für den Polizeioberrat: ein Modellbaukasten, mit dem man ein amerikanisches Zuchthaus nachbauen kann. Komplett mit Verhörzelle, Hochsicherheitstrakt und elektrischem Stuhl!» Vorsichtig lupfte er den Deckel an und spähte hinein. «Ob man auf dem elektrischen Stuhl wohl einen Frosch brat...»

Bevor der entsetzte Rudolf protestieren konnte, schlug eine Hand hart den Deckel zu. «Nicht spielen: einpacken!»

Mit gezogener Pistole und einem breiten Grinsen setzte sich Kalle Kuckuck den beiden Polizisten gegenüber. «Ich behalte euch wohl besser im Auge.»

Konrad Kuckuck und der kleine Kurti schnarchten bereits in Sven von Elchs teuersten Ledersesseln. Nicht einmal ihre schmutzigen Stiefel hatten sie ausgezogen.

Unter den scharfen Blicken von Kalle Kuckuck machten der Kommissar und sein Assistent sich ans Werk.

«Also nein, Rudolf.» Kopfschüttelnd betrachtete der Kommissar die Sterne und Engelsköpfe auf Rudolfs Paketen. «Wie altmodisch! Sehen Sie sich dagegen meine Geschenke an!» Stolz wies er auf einige Quader, die Rudolf stark an Pflastersteine erinnerten. «Steingrau, Mausgrau, Zinkgrau, Asphaltgrau – das sind die Trendfarben in diesem Jahr. Stand im ...»

«... letzten Polizeichefmagazin», ergänzte Rudolf.

«Woher wissen Sie das?», fragte der Kommissar erstaunt.

«Ach», sagte Rudolf Flotthammer, «hab ich mir einfach gedacht.»

Ein Geschenk nach dem anderen wickelten sie ein, und bald schon hatten sie jedes Zeitgefühl verloren. Der Kommissar und sein Assistent wussten mit absoluter Gewissheit, dass sie bis zu ihrem Lebensende niemals mehr etwas anderes tun würden. Jedes Mal, wenn ihnen die Augen zufallen wollten, klopfte Kalle Kuckuck unbarmherzig mit der Pistole auf den Tisch.

«Herr Kommissar», sagte Rudolf und in seiner Stimme schwang Panik, «von Schlafentzug bekommt man Wahnvorstellungen, nicht wahr?»

«So ist es, Rudolf», bestätigte Kommissar Pillermeier. «Im letzten Polizeichefmagazin stand ein Bericht, welch gefährliche Auswirkungen es haben kann, wenn man Polizeichefs von ihrem regelmäßigen Mittagsschlaf abhält.»

«Dann bin ich schon wahnsinnig», erklärte Rudolf mit zittriger Stimme. «Ich weiß nämlich genau, dass ich das Menschärgere-dich-nicht-Spiel gerade eingepackt habe. Und jetzt liegt es wieder unverpackt vor mir!»

Langsam hob der Kommissar den Kopf und betrachtete seinen Assistenten.

«Rudolf», stellte er sachlich fest, «Sie haben nicht das Spiel, sondern Ihren linken Arm eingepackt.»

Und die Nacht sollte noch lange dauern …

## Nächtliche Störungen

Zur gleichen Zeit, als Kommissar Pillermeier vorsichtig den Arm seines Assistenten aus dem Weihnachtspapier wickelte, wurde der alte Wachtmeister Häbiger durch andauerndes Telefongeklingel aus dem Schlaf gerissen.

«Hallo, hier spricht Rosalie Mondschein», sagte eine schüchterne Stimme. «Herr Wachtmeister, ich hätte einen Raubüberfall und eine Entführung zu melden.»

«Liebes Fräulein Mondschein», Wachtmeister Häbiger gähnte herzhaft, «vielleicht ist es Ihnen in Ihrer Welt des Schreckens entgangen, aber ich bin seit einiger Zeit nicht mehr im Dienst. Wenden Sie sich doch bitte an meine Nachfolger Kommissar Pillermeier und Polizeiassistent Flotthammer. Und nun wünsche ich eine angenehme Nachtruhe.»

«Aber Herr Wachtmeister», Rosalie Mondschein hörte sich an, als würde sie gleich in Tränen ausbrechen, «bei den Entführten handelt es sich ja gerade um den Kommissar und seinen Assistenten. Ich bin mir sicher, die falschen Weihnachtsmänner haben sie gekidnappt!»

‹Jetzt ist die Ärmste übergeschnappt›, dachte Wachtmeister Häbiger mitleidig. ‹Kein Wunder, wenn sie sich andauernd mit diesem Horrorkrimskrams umgibt.› Laut sagte er: «Nun erzählen Sie mal der Reihe nach, meine Liebe.»

Und Rosalie Mondschein erzählte. Als sie von der Tarnung der beiden Polizisten in ihrem Gruselkabinett berichtete, wusste der alte Wachtmeister mit absoluter Sicherheit, dass Fräulein Mondschein nicht verrückt war: Dafür kannte er die Ermittlungsmethoden seiner beiden Nachfolger zu gut.

«Heute am späten Abend sind die Räuber doch noch bei mir aufgetaucht», erzählte Rosalie Mondschein. «Sie haben alles mitgenommen, was sich irgendwie tragen ließ. Nur der Galgen und die Guillotine waren ihnen zu schwer.» Sie seufzte hörbar. «Na ja», fuhr sie dann etwas fröhlicher fort, «zumindest Bankier Rattenkuhn wird sich freuen: Schließlich hat er die Guillotine für seinen Sohn reservieren lassen.»

«Was geschah weiter?», fragte Wachtmeister Häbiger behutsam.

«Gleich nach dem Unfall bin ich zur Polizeiwache gelaufen, um den Herrn Kommissar zu informieren. Aber was soll ich Ihnen sagen: alles dunkel und totenstill. Die Herren Polizisten sind zwar mit ihren Skiern aufgebrochen, offensichtlich aber niemals an der Wache angekommen. Herr Wachtmeister, ich mache mir ja solche Sorgen: Bestimmt wurden die Ärmsten gekidnappt!»

Wachtmeister Häbiger, der sich gerade den Kommissar und seinen Assistenten auf Skiern vorstellte, war nicht ganz sicher, ob seine Kollegen nicht kopfüber in einer Schneewehe steckten. Doch ob gekidnappt oder gestrandet – er musste etwas unternehmen.

«Möglicherweise hat jemand die beiden am Abend noch gesehen», überlegte er laut. «Fräulein Mondschein, ich weiß, es ist mitten in der Nacht, aber könnten wir uns gleich in der Polizeiwache treffen?» Mit einer Hand hielt der alte Wachtmeister den Hörer, mit der anderen zog er sich bereits die Pyjamajacke über den Kopf. «Wissen Sie, von den neumodischen Methoden meiner Nachfolger verstehe ich nicht viel. Ich werde auf ganz herkömmliche Weise Suchmeldungen drucken und in der Stadt verteilen. Dabei könnte ich Ihre Hilfe gut gebrauchen – zumal Sie es gewohnt sind, dem Schrecken ins Auge zu blicken.»

«Aber selbstverständlich, Herr Wachtmeister», sagte Rosalie Mondschein geschmeichelt. «In fünf Minuten stehe ich vor dem Eingang zur Polizeiwache. Sie können sich auf mich verlassen!»

Gerade waren Wachtmeister Häbiger und Fräulein Mondschein dabei, im schlafenden Städtchen ihre Flugblätter zu verteilen, als Toni Morona in seinem schönen Haus am Marktplatz einen schrecklichen Albtraum hatte.

«Leer», er wälzte sich im Bett hin und her, «alles leer ... die Beute ... die Polizisten ... alles verschwunden ...» Vor Entsetzen wollte er sich die Haare raufen – und wachte auf.

«Zum Glück nur ein Traum!» Erleichtert ließ Toni sich in die Kissen zurücksinken. Fast wäre er wieder eingeschlafen, doch dann fiel ihm ein, dass diese Nacht die letzte Nacht vor Weihnachten war. Sofort war er hellwach. Gingen nicht alle Träume, die man in dieser ganz speziellen Nacht träumte, in Erfüllung? Wie alle Räuber war auch Toni furchtbar abergläubisch. Es half nichts: Bevor er wieder an Schlaf denken konnte, würde er das Beutelager kontrollieren müssen.

Seufzend stand er auf, stieg in sein Räuberauto, brauste reifenquietschend durch die ausgestorbenen nächtlichen Straßen und stand schließlich vor der Treppe, die vor einigen Stunden Kommissar Pillermeier und Rudolf Flotthammer ins Verderben geführt hatte. Um zu erkennen, dass sein schrecklicher Traum schreckliche Wirklichkeit war, musste Toni nicht erst hinuntersteigen: Auf den Treppenstufen verstreut lagen Armreife, Füllfederhalter, Dominosteine und Spielzeugautos – Kleinigkeiten, nach denen sich die Kuckucksbrüder nicht extra gebückt hatten. Und wie nicht anders zu erwarten, war das unterirdische Gewölbe komplett leer geräumt!

Keine fünf Minuten später hatte Toni seine beiden Kumpane Edi und Ludwig aus den Betten geholt.

«Ausgezeichnet», nickte Ludwig beim Anblick des leeren Lagers grimmig. «Beute weg, Polizisten weg und», er warf einen Blick auf seine Uhr, «noch genau vierzehn Stunden bis zum Weihnachtsabend.» Sein Zähneklappern kam nicht nur von der Kälte der frühen Morgenstunden.

«Diese Pfuscher!» Edi warf einen verächtlichen Blick auf die gesprengte Gittertür. «Dafür hätte ich einen einzigen kleinen Dietrich gebraucht.»

«Ich schlage vor», sagte Ludwig düster, «wir fangen schon einmal an, unsere Umzugskisten zu packen.»

«Hast du dir schon überlegt, Toni, in welcher Stadt wir unser neues Räuberquartier aufschlagen werden?», fragte Edi.

«Hört mit dem Blödsinn auf!», fauchte Toni seine Kollegen an. «Lasst uns lieber herausfinden, wohin dieses Kuckuckspack die Beute geschafft hat.»

«Oh, nichts leichter als das!», höhnte Ludwig. «Die haben bestimmt überall große Wegweiser aufgestellt: Zu unserem geheimen Lager bitte hier entlang!»

Tonis Blick fiel auf einen knallroten Zettel, der sich zwischen den Gitterstäben der aufgesprengten Tür verfangen hatte. Er hob ihn auf und las:

**Suchmeldung!**

Seit gestern Abend, 18 Uhr Ortszeit, werden die städtischen Kriminalspezialisten Kommissar Pillermeier und Polizeiassistent Flotthammer vermisst.

Vermutlich befinden sich beide Polizisten in Begleitung von drei oder sechs Weihnachtsmännern.

Warnhinweis: Alle Weihnachtsmänner sind bewaffnet!

Wer kann sachdienliche Hinweise geben? Als Belohnung wurde von einer großzügigen Spenderin ein wertvoller Galgen in Steckbauweise zur Verfügung gestellt.

Telefonnummer der Polizeiwache …

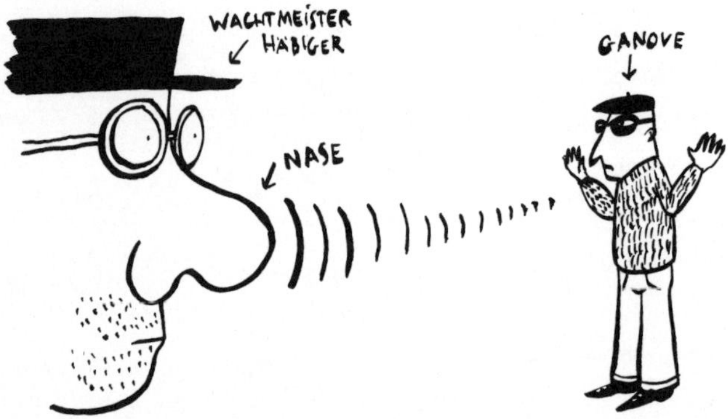


Toni pfiff durch die Zähne. «Das ging ja schnell», sagte er. «Da war der alte Häbiger ganz schön ausgeschlafen.» Nachdenklich blickte er seine Kumpane an. «Wachtmeister Häbiger sucht seine Polizisten, wir suchen unsere Beute. Die Polizisten sind da, wo die Beute ist. Was liegt also näher als …»

«Willst du etwa gerade vorschlagen», fragte Ludwig ungläubig, «mit der Polizei gemeinsame Sache zu machen?»

«Genau das», bestätigte Toni. «Eine professionelle Schnüfflernase kann uns in unserer augenblicklichen Lage nur von Nutzen sein – auch wenn es die große Nase von Wachtmeister Häbiger ist. Der riecht die faulen Kuckuckseier doch zehn Meilen gegen den Wind!»

Kurze Zeit später wurde Wachtmeister Häbiger zum zweiten Mal in dieser Nacht aus dem Schlaf gerissen.

Eigentlich wollte der alte Polizist zusammen mit Fräulein Mondschein im Polizeibüro auf die Hinweise der Bevölkerung warten, war jedoch im weichen Lehnstuhl des Kommissars eingenickt. Um ihn nicht zu stören, saß Rosalie Mondschein mucksmäuschenstill an Rudolfs Schreibtisch und blätterte im Polizeichefmagazin. Gerade studierte sie den überraschend interessanten Artikel: «Polizeichefs der Welt. So lernen Kommissare in Transsilvanien, falsche von echten Vampiren zu unterscheiden», da stürmten Toni, Edi und Ludwig zur Tür herein. Erschrocken fuhr Fräulein Mondschein in die Höhe, doch die drei Räuber bedachten sie lediglich mit einem knappen Kopfnicken, bevor sie sich dem schlafenden Wachtmeister zuwandten.

«Wachtmeister Häbiger!» Toni rüttelte ihn am Arm. «Wachen Sie auf!»

Ein markerschütternder Schnarcher war die Antwort.

Edi fackelte nicht lange, zog seine Pistole und feuerte einmal kurz in die Luft. Das wirkte: Mit weit aufgerissenen Augen starrte Wachtmeister Häbiger auf die drei Räuber, die seinen Lehnstuhl umstanden.

«Guten Morgen, Herr Wachtmeister», sagte Toni höflich. «Entschuldigen Sie die Störung, aber wir haben keine Zeit zu verlieren. Wir brauchen Ihre Hilfe.»

«Wie kommen Sie auf die Idee», fragte Wachtmeister Häbiger missmutig, während er sich den Schlaf aus den Augen rieb, «dass ich Ihnen helfen werde? Auf Ihr Konto gehen mehr Raubüberfälle, als ich Haare auf dem Kopf habe.»

Ludwig betrachtete Wachtmeister Häbigers Hinterkopf und nickte bestätigend.

«Ich werde also den Teufel tun und Ihnen helfen», fuhr der alte Wachtmeister fort. «Sie sind vielmehr verhaftet, meine Herren!»

«Hören Sie erst einmal zu», verlangte Toni. «Wir sitzen doch im selben Boot!»

So erfuhr der alte Wachtmeister, wie Kommissar Pillermeier und Assistent Flotthammer von den Räubern festgesetzt – «nur zu ihrem Besten, Herr Wachtmeister!» – und anschließend von der Kuckucksbande entführt worden waren.

«Eines können Sie mir glauben», schloss Toni, «dieses Räuberpack ist längst nicht so zart besaitet wie unsereins. Ihre reizenden Kollegen stecken gewaltig in der Klemme! Ich sehe die nächste Schlagzeile schon vor mir:

**TFDP – Topräuber foltern die Polizisten!»**

«Das ist ja schrecklich!», hauchte Fräulein Mondschein, die die ganze Zeit über mit offenem Mund gelauscht hatte. «Die Ärmsten!»

«Mir scheint», Wachtmeister Häbiger räusperte sich verärgert, «Sie unterschätzen die Fähigkeiten unserer Kriminalspezialisten.»

«Tatsächlich?» Ludwig grinste respektlos. «Kann man das?»

«Außerdem», fuhr der alte Wachtmeister fort, «wenn hier jemand in der Klemme steckt, dann sind Sie es, meine Herren Räuber! Nicht gerade ruhmreich, wenn einem die Beute direkt unter der Nase weggeschnappt wird. Und heute Abend, falls ich

Sie nicht ohnehin gleich einsperren lasse, werden die Kuckucksbrüder Sie zur Stadt hinausjagen. Wenn ich mir die Bemerkung erlauben darf: Das wird ein trübes Weihnachtsfest!»

«Das hör ich mir nicht länger an!» Wütend stampfte Edi auf. «Lass uns von hier verschwinden, Toni! Mit der Polizei gemeinsame Sache machen – das kann ja nur schief gehen!»

«Halt's Maul, Edi!», zischte Toni zwischen den Zähnen. Gleichzeitig lächelte er Wachtmeister Häbiger an. «Verehrter Herr Wachtmeister», sagte er sanft, «wollen wir das Kriegsbeil nicht ausnahmsweise begraben? Finden Sie für uns das Lager der Kuckucksbande, dann befreien wir für Sie die beiden Herren Kriminalspezialisten. Wie gefällt Ihnen dieser Handel?»

Nun war der alte Wachtmeister Häbiger nicht umsonst ein mit allen Wassern gewaschener Pokerspieler, dessen Bluffs in den Zockerrunden des Städtchens gefürchtet waren. Schnell setzte er ein undurchdringliches Pokergesicht auf – schließlich wusste er, dass in dieser Situation noch viel mehr aus den Räubern herauszuschlagen war.

«Ach wissen Sie», sagte er leichthin, «*so* wertvoll sind der Kommissar und sein Assistent nun auch wieder nicht für mich. Ob nun die beiden auf der Polizeiwache sitzen oder jemand anderes, kann mir eigentlich ganz egal sein.» Er fixierte Toni mit zusammengekniffenen Augen. «Sie werden also schon etwas drauflegen müssen, wenn ich Ihnen helfen soll.»

Tonis Miene blieb unbewegt – auch er war ein geübter Spieler. «Nennen Sie Ihre Forderungen.»

«Nun», Wachtmeister Häbiger wog den Kopf, «da hätten wir als Erstes die Kuckucksbande: Die Brüder müssen im Gefängnis landen.»

«Kein Problem», erwiderte Toni prompt. «Ich wüsste keinen Ort, an dem ich sie lieber sähe.»

Wachtmeister Häbiger holte Luft. «Weiterhin verlange ich die Herausgabe aller gestohlenen Weihnachtsgeschenke.»

«Ausgeschlossen!» Tonis Gesicht verhärtete sich. «Sie können nicht verlangen, dass ein auch nur halbwegs anständiger Räuber einmal geraubte Sachen wieder herausgibt. Das geht gegen die Räuberehre!»

«In Ordnung», nickte Wachtmeister Häbiger, ohne mit der Wimper zu zucken. «Dann vermutlich auf Nimmerwiedersehen!» Mit einer lässigen Geste wies er zur Tür. «Oder wollen Sie lieber gleich ins Kittchen? Wie man hört, sucht der Sträflingschor von St. Quintin neue Mitglieder.»

Toni wechselte einen schnellen Blick mit seinen Kumpanen. Beide zuckten ratlos die Achseln.

«Sie sollen den Plunder haben», sagte Toni zähneknirschend. «Unter folgenden Bedingungen. Erstens: Wir behalten die drei schönsten Ballerschmidtknarren.»

Wachtmeister Häbiger dachte einen Augenblick nach, dann nickte er.

«Denk an die Lebkuchen, Toni», flüsterte Edi.

«Zweitens: Wir stellen uns aus der Beute ein großes Festessen zusammen.»

Wieder nickte der alte Wachtmeister kommentarlos.

«Drittens und letztens: Sollten Sie das Lager der Kuckucksbrüder nicht rechtzeitig finden, müssen Sie heute Abend mit uns die Stadt verlassen und für den Rest Ihrer Tage unser Räubergehilfe bleiben.» Herausfordernd starrte er dem alten Wachtmeister ins Gesicht. «Sind wir damit im Geschäft?»

Nachdenklich blickte Wachtmeister Häbiger auf Rosalie Mondschein, die entsetzt den Kopf schüttelte.

«Jawohl», sagte er dann langsam, «der Handel gilt.»

## Rette sich, wer kann!

Die Morgensonne schickte bereits ihre funkelnden Strahlen in den schneeglitzernden Winterwald, und in der Turmstube packten Kommissar Pillermeier und Rudolf Flotthammer noch immer Geschenke ein. Allerdings sahen ihre Päckchen mittlerweile aus wie frisch aus dem Reißwolf gezogen.

«Das ist Folter», knurrte der Kommissar. Fahrig zerschnippelte er einen Bogen staubgrauen Weihnachtspapiers mitsamt der darin eingewickelten Krawatte. «Weihnachtsgeschenkeinpackfolter! Ich werde mich beschweren!»

«Bei wem denn?», fragte Kalle Kuckuck hohntriefend. «Vielleicht bei der Polizei?» Es war einfach unglaublich: Der Räuber zeigte keinerlei Ermüdungserscheinungen!

Rudolf Flotthammer, der ohne Fesseln längst vom Stuhl gekippt wäre, griff mit zittriger Hand nach dem nächsten Geschenk. «Was es nicht alles gibt, Herr Kommissar», murmelte er. «Ein Geschenkset für den Feierabendpolizisten: Handschellen, Gummiknüppel, Schreckschusspistole ...»

«Rudolf!», zischte Kommissar Pillermeier. «Schnell, lassen Sie es unter dem Tisch verschwinden!» Aus den Augenwinkeln schielte er zu Kalle Kuckuck, doch der biss gerade in ein großes Stück Baumkuchen und hatte nichts mitbekommen.

Mochte Kommissar Pillermeier auch zum Umfallen müde sein – sein Kriminalistenhirn arbeitete auf Hochtouren.

«Rudolf, ich habe einen Plan!»

Bei diesem Wort war auch der Polizeiassistent mit einem Schlag hellwach.

«Wenn ich ‹jetzt› sage», fuhr der Kommissar leise fort, «schlagen Sie dem Räuber mit aller Kraft den Gummiknüppel über den Schädel. Haben Sie das verstanden?»

Rudolf Flotthammer nickte eifrig – nur um im nächsten Augenblick mutlos den Kopf zu schütteln. «So etwas kann ich nicht, Chef.»

«Dann geben Sie eben mir den Knüppel», flüsterte Kommissar Pillermeier ungeduldig.

«Was gibt's denn da immerfort zu flüstern?», fragte Kalle Kuckuck misstrauisch.

«Wir erzählen uns Polizistenwitze», erklärte der Kommissar geistesgegenwärtig. «Kennen Sie den von den beiden Polizisten, die eine Käsefabrik in die Luft gesprengt haben?»

«Das müssen ja zwei Volltrottel gewesen sein», grinste Kalle Kuckuck. «Erzähl!»

«Kommen Sie doch ein wenig näher», schlug Kommissar Pillermeier vor. «Sonst wecken wir am Ende noch Ihre Räuberkollegen.»

«Die faulen Kerle haben genug geschlafen», sagte Kalle Kuckuck mit einem Blick auf seine schnarchenden Brüder, rückte seinen Stuhl aber dennoch näher heran. «Also, wie war das mit den beiden ...»

«Passen Sie auf: Die Polizisten sitzen hinter riesigen Käselaiben ...» Während er erzählte, wischte Kommissar Pillermeier mit dem Ellenbogen die Rolle Klebstreifen über den Tischrand. «Nein, wie ungeschickt von mir», unterbrach er sich. «Verehrter Herr Kuckuck, wären Sie wohl so freundlich, mir die Rolle aufzuheben?»

Kaum hatte der Räuber sich gebückt, zischte Kommissar Pillermeier: «Den Knüppel, Rudolf!»

Im nächsten Augenblick donnerte er den Gummiknüppel mit einem satten Plop! auf den Schädel von Kalle Kuckuck. Entrückt lächelnd sank der Räuber zu Boden.

Es war ein mühseliges Unterfangen, sich mit den kleinen Papierscheren die Fesseln aufzuschneiden, und beide Polizisten schwitzten fürchterlich in ihren dicken Overalls. Am meisten schwitzten sie allerdings bei der Vorstellung, Konrad Kuckuck und der kleine Kurti könnten plötzlich aufwachen. Doch offenbar waren Sven von Elchs Sessel viel zu gemütlich: Als die Stricke endlich abfielen, hatten die beiden Räuber sich immer noch nicht gerührt.

«Nichts wie weg!», flüsterte der Kommissar.

Auf Zehenspitzen schlichen sie an den schlafenden Räubern vorbei und die Treppe hinunter zum Eingangstor. Das war aus Holz, schwer, stabil – und zugesperrt!

«In der Turmstube gibt es Fenster», fiel Assistent Flotthammer ein. «Wir könnten hinunterklettern.»

«Lassen Sie uns lieber im Keller nach dem geheimen Ausgang suchen, Rudolf», beschloss der Kommissar, der wenig Lust verspürte, sich direkt neben den schlafenden Räubern zehn Meter in die Tiefe abzuseilen. «Alte Burgen haben immer Geheimausgänge.»

«Haben alte Burgen eigentlich auch immer ein Klo?», erkundigte sich Assistent Flotthammer beiläufig.

«Das», erklärte Kommissar Pillermeier, «ist im Augenblick wohl unser geringstes Problem.»

Rudolf fand dies ganz und gar nicht, folgte seinem Chef aber widerspruchslos hinunter in das niedrige Kellergewölbe. Mit eingezogenem Kopf pirschte der Kommissar durch einen finsteren Gang, als er plötzlich von oben Stimmen hörte. Das konnte nur eins bedeuten ...

«Die Kuckucksbrüder!», sagte Kommissar Pillermeier alarmiert. «Wir müssen uns beeilen!» Er wandte sich um. «Rudolf?»

Der Polizeiassistent war wie vom Erdboden verschluckt.

«Um Himmels willen, Rudolf! Wo stecken Sie?»

«Hier drüben, Chef.»

Suchend blickte Kommissar Pillermeier sich um: Rudolfs Stimme schien aus einer Art Bretterverschlag zu kommen. Doch als der Kommissar nachsehen wollte, fand er die Holztür verschlossen.

«Was treiben Sie da drin?», fragte er mit wachsender Unruhe. «Wir dürfen keine Zeit mehr verlieren!» Schon glaubte er, Schritte auf der Treppe zu hören.

«Kleinen Augenblick noch, Herr Kommissar.» Stille.

«Rudolf!» Nervös klopfte Kommissar Pillermeier gegen die Tür. «Die werden uns erwischen!»

Endlich ging die Tür auf, und ein sehr erleichtert wirkender Polizeiassistent erschien.

«Tut mir Leid, Chef», murmelte er verlegen. «Ich ... ähm ... da drin gibt es nämlich ein Loch im Fußboden.»

«Der Geheimausgang», sagte der Kommissar wie elektrisiert. «Zeigen Sie mir die Stelle. Schnell!»

Als die beiden Polizisten sich über das Loch beugten, strich ihnen aus der schwarzen Tiefe ein eiskalter Windzug entgegen.

«Da haben Sie's, Rudolf», sagte Kommissar Pillermeier triumphierend. «Dieses Loch wird uns direkt ins Freie führen.»

«Sie wollen da hinunterklettern, Herr Kommissar?», fragte

Rudolf Flotthammer ungläubig. «Auch wenn ich gerade hineingep...»

«Sie gehen voran!», befahl der Kommissar in einem Ton, der keinen Widerspruch zuließ.

Vorsichtig tastete Rudolf mit dem Fuß den Rand des Loches ab. Er fand einen Tritt im Stein, dann noch einen. Schicksalsergeben machte er sich an den Abstieg. Der Kommissar folgte ihm in kurzem Abstand. Kaum waren sie einige Meter in die Tiefe vorgedrungen, da ließ ein Geräusch sie nach oben blicken. In der kreisrunden Öffnung waren zwei Köpfe aufgetaucht: Konrad Kuckuck und der kleine Kurti.

«Habt ihr Durst, Polypen», fragte Konrad Kuckuck, und seine Stimme hallte durch den Schacht, «oder was sonst sucht ihr im Brunnen?»

Rudolf Flotthammer glaubte, nicht recht gehört zu haben. «Brunnen, Herr Kommissar?», fragte er. «Sie haben gesagt, das sei der geheime Ausgang!»

«So kann man sich täuschen», gluckste der kleine Kurti. «Pack mal mit an, großer Bruder!» Im nächsten Augenblick waren die beiden Räuberköpfe verschwunden.

«Raus hier, Rudolf, aber schnell!»

Hätte jemand Kommissar Pillermeier beim Hinaufklettern beobachtet, mit Sicherheit wäre der nächste Artikel «Fit und vital. Der Polizeichef auf dem Weg zur persönlichen Bestleistung» ihm gewidmet worden. Doch aller Einsatz war umsonst – die Kuckucksbrüder waren schneller: Als sie das schwere Abdeckgitter auf die Öffnung des Brunnens wuchteten, konnte der Kommissar gerade noch seine Finger in Sicherheit bringen.

«Das», sagte Konrad Kuckuck hämisch, «ist der Lohn dafür, dass Kalle noch immer Sternchen sieht.»

«Dann wartet mal schön aufs Christkind!» Der kleine Kurti winkte ihnen vergnügt zu. «Bis heute Abend dann!»

Kommissar Pillermeier und Assistent Flotthammer klammerten sich an die Brunnenwand und lauschten den sich entfernenden Schritten.

«Was machen wir denn jetzt, Herr Kommissar?», fragte Rudolf beklommen. «Ich kann mich nicht mehr lange festhalten.»

«Was sollen wir schon tun?» Der Kommissar keuchte vor Anstrengung. «Wir klettern nach unten. Wenn wir Glück haben, ist der Brunnen ausgetrocknet.»

Doch das war er nicht. Zehn Meter tiefer konnten sie Wasser unter sich plätschern hören.

Zum x-ten Mal suchte Wachtmeister Häbiger jeden Winkel des leer geräumten Räuberlagers ab.

«Irgendeinen Hinweis muss es doch geben», murmelte er, nahm seine Brille ab und putzte sie sorgfältig. «Irgendeine Kleinigkeit ...»

Toni, Edi und Ludwig ließen ihn von oben nicht aus den Augen, und der alte Wachtmeister wurde allmählich nervös. Es ging auf Mittag zu, und noch immer hatte er nicht die leiseste Idee, wohin die Kuckucksbrüder Beute und Polizisten geschleppt haben konnten.

«Es scheint fast, verehrter Wachtmeister», sagte Toni beunruhigt, «als ließe Ihre bewährte Schnüfflernase Sie diesmal im Stich!»

Zur Antwort knurrte Wachtmeister Häbiger etwas Unverständliches. Gleichzeitig suchte er mit höchster Konzentration den Fußboden ab. Er *musste* eine Spur finden!

«Warten Sie», Fräulein Mondschein, die oben in einiger Entfernung von den Räubern die Straße auf und ab ging, bückte sich plötzlich. «Was ist das?»

«Lassen Sie mal sehen!» Edi nahm ihr das Fundstück aus der Hand. «Sieht aus wie eine Türklinke», stellte er fest. «Uraltes Ding.»

«Hast du eine Idee», fragte Toni, «zu welcher Tür sie passen könnte?»

Nachdenklich wog Edi die verschnörkelte Türklinke in der Hand. «Wenn sie so alt ist, wie sie aussieht», erklärte er überzeugt, «dann hat die dazugehörige Tür ein paar hundert Jahre auf dem Buckel.»

So schnell er konnte, hastete Wachtmeister Häbiger die Treppe hoch. «Ich schlage vor», sagte er ganz außer Atem, «wir zeigen die Klinke Frau Museumsdirektor Jungstein. Schließlich sind historische Gebäude ihr Spezialgebiet.»

«Worauf warten wir dann noch?», fragte Toni ungeduldig.

«Klarer Fall.» Frau Direktor Jungstein legte die Lupe aus der Hand. «Diese Türklinke stammt aus der Zeit zwischen 1300 und 1350. Beachten Sie bitte das charakteristische Bratspießdekor, meine Herren.»

«Frau Direktor», fragte Wachtmeister Häbiger drängend, «gibt es hier bei uns ein Gebäude aus dieser Zeit?»

«Nicht dass ich wüsste», tippte sich die Museumsdirektorin gegen die Brille. «Unter Altbürgermeister Betoni wurden praktisch alle alten Häuser abgerissen.» Sie lächelte viel sagend. «Ich brauche wohl kaum zu erwähnen, dass Herr Betoni Besitzer der örtlichen Baustofffirma war.»

«Denken Sie genau nach!» Toni, der seine wachsende Ungeduld nicht mehr verbergen konnte, packte Frau Direktor Jungstein am Ärmel. «Wir brauchen die passende Tür zu dieser Klinke!»

Die Museumsdirektorin betrachtete Toni mit hochgezogenen Augenbrauen, doch wohlerzogen, wie sie war, sagte sie nichts weiter. «Was für eine sonderbare Verwandtschaft», dachte sie insgeheim. Der alte Wachtmeister hatte die drei Räuber kurzerhand als seine Neffen vorgestellt.

Noch einmal untersuchte Frau Direktor Jungstein die Türklinke mit der Lupe. «Kein Zweifel möglich», murmelte sie. «Aber so alte Bauwerke haben wir hier nicht ... Das heißt doch, natürlich!» Mit der flachen Hand schlug sie sich gegen die Stirn. «Wie konnte ich die nur vergessen. Aber hat die überhaupt noch eine Tür?»

Toni ächzte: «Wovon, um Himmels willen, sprechen Sie?»

«Von der alten Burgruine.»

Alle Anwesenden starrten sie verständnislos an.

«Etwa zwei Kilometer von hier», erklärte die Museumsdirektorin, «gibt es eine Ruine im Wald. Es ist nicht mehr allzu viel intakt – der Turm, ein Nebengebäude, der Brunnen ...»

«Alte Burgruine? Mitten im Wald gelegen?», sagte Edi

begeistert. «Bingo, Toni! Schätze, wir haben das Lager gefunden!»

«Frau Direktor», fragte der alte Wachtmeister, «könnten Sie uns bitte den Weg dorthin skizzieren? Es ist äußerst wichtig.»

Kaum hatte Frau Direktor Jungstein den Stift beiseite gelegt, riss ihr Toni auch schon das Blatt aus der Hand. In Windeseile rannten die drei Räuber, Wachtmeister Häbiger und Fräulein Mondschein zur Tür hinaus.

«Die jungen Leute», rief der alte Wachtmeister noch entschuldigend über die Schulter zurück, «immer in Eile, immer in Schwung. Nichts für ungut, Frau Direktor.»

Kopfschüttelnd sah ihnen die Museumsdirektorin hinterher. «Jetzt haben sie mich nicht einmal eingeladen mitzukommen», sagte sie enttäuscht. «Dabei ist die alte Burgruine im verschneiten Winterwald ungemein romantisch!»

Im Brunnen der ungemein romantischen Burgruine war die Lage für Kommissar Pillermeier und seinen Assistenten Rudolf Flotthammer alles andere als romantisch: Die Kuckucksbrüder hielten ihr Versprechen und ließen sich nicht mehr blicken. Und das Wasser reichte ihnen bis zum Bauchnabel!

«Wenigstens auf die Hersteller dieser Polizeioveralls ist Verlass», unterbrach Kommissar Pillermeier die Stille. «Das Material ist wirklich vollkommen wasserdicht.»

«Schreiben Sie einen Leserbrief», schlug Rudolf vor.

«Warum sollte ich?», fragte der Kommissar erstaunt. «Ich habe doch nichts auszusetzen.»

Wieder versanken beide in trübseligem Schweigen.

«Das eine sage ich Ihnen, Rudolf», erklärte Kommissar Pillermeier eine halbe Stunde später, «so etwas wird uns nie wieder passieren! Sollten wir hier mit heiler Haut herauskommen, werde ich einen Polizeihund anschaffen.»

Bei diesen Worten war es Assistent Flotthammer zumute, als

POLIZEI

würde im finsteren Brunnenschacht die Sonne aufgehen: ein Hund in der Polizeiwache!

«Was heißt hier Hund», verbesserte sich der Kommissar. «Eine Bestie, scharf und gefährlich, die uns rund um die Uhr bewachen wird. Dann soll ein dahergelaufener Räuber es wagen, uns zu nahe zu kommen!»

«Ist das Ihr Ernst?», fragte Rudolf selig.

Kommissar Pillermeier nickte mit entschlossener Miene, bevor er zwei Äpfel aus seiner Brusttasche zauberte. «Die habe ich in der Turmstube mitgehen lassen», sagte er und wusch sie sorgfältig im Brunnenwasser ab. «Möchten Sie einen, Rudolf?»

«Nein danke, Chef», erwiderte Rudolf Flotthammer, dem gerade wieder eingefallen war, warum er den Brunnen eigentlich entdeckt hatte.

«Na, dann eben nicht.» Der Kommissar biss herzhaft in seinen Apfel. Während er genüsslich schmatzte, starrte Rudolf versonnen in das schwarze Brunnenwasser. Plötzlich fiel ihm eine Bewegung auf – blitzschnell griff er zu und hielt eine klatschnasse Maus in der Hand.

«Nanu», rief er, «wo kommst du denn her?»

Angeekelt blickte Kommissar Pillermeier auf die Maus. «Werfen Sie dieses Tier sofort ins Wasser zurück», befahl er. «Sonst vergeht mir der Appetit.»

«Aber Chef», umsonst bemühte sich Rudolf, die nasse Maus mit seinem ebenso nassen Polizeitaschentuch trocken zu rubbeln, «wir können das Mäuschen doch nicht ertrinken lassen!»

«Moment mal», Rudolf konnte förmlich sehen, wie im Denken des Kommissars etwas einrastete, «wenn dieses Tier einen Weg herein gefunden hat, dann bedeutet das ...», aufgeregt begann Kommissar Pillermeier, unter Wasser die Brunnenwand mit den Füßen abzutasten, «es muss auch einen Weg nach draußen geben ... Tatsächlich», rief er, «ich fühle deutlich eine Öffnung.»

Er klopfte seinem Assistenten auf die Schulter. «Rudolf», sagte er, «Sie können sich freuen. Ihre unnötig vielen Freibadbesuche im letzten Sommer waren doch nicht vollkommen überflüssig. Jetzt dürfen Sie Ihre Tauchkünste vorführen.»

«Und was ist, wenn ich stecken bleibe?»

«Dann komme ich hinterhergeschwommen und rette Sie», erklärte der Kommissar im Brustton der Überzeugung.

Rudolf Flotthammer wusste genau, dass sein Chef ausschließlich in der Badewanne schwamm. Dennoch drückte er ihm ergeben die Maus in die Hand, zog die wasserdichte Kapuze über den Kopf und verschwand im Wasser.

Stocksteif stand der Kommissar da und ließ die Maus am Schwanz nach unten baumeln. Die Minuten verstrichen.

«Kein Grund zur Sorge», sprach Kommissar Pillermeier sich selbst Mut zu, «Rudolf ist ein wahrer Meisterschwimmer.»

«Was ist, wenn er irgendwo festhängt?», fragte eine kleine, hinterhältige Stimme in seinem Kopf. «Wenn er gerade zappelt und verzweifelt um sich schlägt? Solltest du vielleicht doch einmal …»

«Unsinn», schaltete sein Verstand sich jetzt beruhigend ein. «Letzten Sommer wurde Rudolf zum Freibadkönig gewählt. Wochenlang hat er die goldenen Schwimmflossen getragen. Ihm *kann* nichts passieren!»

«Nimm Abschied von deinem Assistenten», verlangte die kleine Stimme unbarmherzig. «Eure gemeinsame Polizeiweihnacht kannst du vergessen. Nichts mit Mandelspekulatius. Niemals wieder Weihnachtstee. Überhaupt keinen Tee mehr!»

Diese Vorstellung erschütterte den Kommissar zutiefst. Gedankenversunken ließ er die Maus hin und her pendeln, dabei rang er mit sich selbst: «Hinterher oder nicht hinterher?»

Es war eine schwierige Entscheidung, und so rang er noch immer mit sich, als Rudolf prustend neben ihm auftauchte.

«Alles bestens, Herr Kommissar», erklärte der Polizeiassistent vergnügt. «Etwa zehn Meter tauchen, dann endet das Wasser in einem weiteren Brunnenschacht. Wenn man den hochklettert, kommt man im Burghof raus.»

Vorsichtig nahm er dem Kommissar die Maus aus der Hand. «Kommen Sie, Chef», sagte er, bevor er wieder im Wasser verschwand, «es ist kinderleicht.»

«Etwa zehn Meter tauchen, sagt er», brummelte Kommissar Pillermeier. «Kinderleicht, sagt er.» Zögernd setzte er sich die Kapuze auf, dann hielt er sich die Nase zu und steckte den Kopf unter Wasser. Nur, um im selben Moment wieder aufzutauchen und verzweifelt nach Luft zu schnappen.

«Wo bleiben Sie denn, Herr Kommissar?» Rudolf war zurückgekommen. «Soll ich Ihnen vielleicht helfen?»

Ohne lange auf eine Antwort zu warten, packte er seinen Chef an den Schultern und drückte ihn kräftig unter Wasser. Prustend und Wasser spuckend kam Kommissar Pillermeier wieder hoch, und abermals tunkte Rudolf ihn, tiefer und länger diesmal. Ein drittes und viertes Mal tauchte er ihn, mit zunehmend schlechtem Gewissen – und wachsendem Vergnügen.

«Kann es sein, Rudolf», keuchte der Kommissar nach dem vierten Tauchgang, «dass Ihnen das Ganze Spaß macht?»

«Wo denken Sie hin, Herr Kommissar», entgegnete Rudolf Flotthammer mit unschuldiger Miene. «Wir müssen Sie doch durch die Öffnung bekommen.»

Beim fünften Anlauf gelang das Kunststück: Der Kommissar quetschte sich durch die Öffnung und wurde von Rudolf wie ein U-Boot zum anderen Brunnenschacht geschoben. Als er schließlich hustend und spuckend neben seinem Assistenten auftauchte, platzte er beinahe vor Stolz.

«Ich habe es immer gewusst», rief er, «‹Fit und vital› – der Slogan ist auf mich zugeschnitten!»

Mit neuem Schwung kletterte er hinter Rudolf den Brunnenschacht hoch. Oben angelangt, spähten beide Polizisten als

Erstes besorgt zu den Turmfenstern. Keiner der Kuckucksräuber ließ sich blicken.

«Herr Kommissar», sagte Rudolf Flotthammer vorsichtig, «vernünftigerweise sollten wir jetzt fliehen.»

«*Fliehen*», wiederholte Kommissar Pillermeier, als hätte er nicht recht verstanden. «Das Wort kenne ich nicht – was ist das für eine Sprache?»

«Davonlaufen, türmen, abhauen, verschwinden», bot Rudolf an. «Hauptsache, weg von hier!»

Kommissar Pillermeier schaute seinen Assistenten an, als hätte dieser den Verstand verloren. «Sie wollen aufgeben?», fragte er ungläubig. «Und was ist mit den leeren Gabentischen heute Abend? Denken Sie noch an die verlorene Weihnachtsfreude? An die enttäuschten Kinder?»

Eine Sekunde zögerte Assistent Flotthammer, dann war er umgestimmt. «Sie haben Recht, Herr Kommissar», sagte er, zog sein tropfendes Taschentuch aus der Tasche und wischte sich über die Augen. «Wir müssen den Kampf aufnehmen!» Entschlossen stapfte er in Richtung Burgportal los.

«Halt, Rudolf», befahl der Kommissar, «nicht so schnell! Sie kennen meine Devise: Erst planen, dann handeln!»

«Ja, die kenne ich», seufzte Assistent Flotthammer.

Der Kommissar wies auf ein niedriges Seitengebäude. «Dort drüben werden wir die weitere Strategie besprechen.»

Als Rudolf die Tür des Gebäudes öffnete, riss er Mund und Augen auf: «Das müssen Sie sich ansehen, Herr Kommissar!»

In alten Zeiten vermutlich ein harmloser Pferdestall, starrte der Raum nun vor Waffen: Da lagen Lenkraketen neben Samuraischwertern, Flammenwerfer neben Streitäxten, Panzerfäuste neben Blasrohren und Handgranaten neben Bumerangs.

«Die Beute aus der Waffenhandlung Ballerschmidt!» Mit leuchtenden Augen nahm Kommissar Pillermeier ein Samuraischwert zur Hand, schwang es prüfend durch die Luft und verfehlte nur knapp die Nasenspitze seines Assistenten. «Rudolf», sagte er entschlossen, «mein Plan steht fest: Wir bewaffnen uns!»

«Herr Kommissar», sagte Assistent Flotthammer, «das ist eine großartige Strategie.»

Kommissar Pillermeier strahlte wie ein Kind bei der Bescherung. «Was nehm ich nur, was nehm ich nur …?», überlegte er. Dann griff er nach einem schwarzen Apparat, aus dem eine Antenne und viele glänzende Drähte ragten. «Erinnert mich an meinen Lügendetektor.» Er las das aufgeklebte Etikett: «Nehmen Sie Ihre Verteidigung selbst in die Hand: Entwaffnungsgerät ‹Molliator›. Erweicht Metallgegenstände in Sekundenschnelle. Punktgenaues Zielen möglich. Einfach Antenne ausrichten und Gerät einschalten. Reichweite über fünfzig Meter.»

«Genau, was wir brauchen», sagte der Kommissar hoch zufrieden. «Jetzt sollen die Schurken ihr blaues Wunder erleben.»

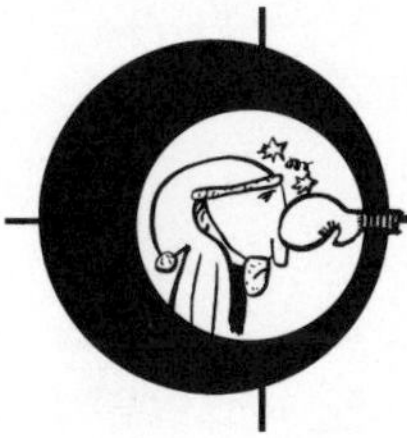

## Kampf mit allen Mitteln

Langsam ließ Toni den Blick turmaufwärts bis zu den Zinnen wandern. «Mein Räuberinstinkt sagt mir», flüsterte er, «sie sind da drin.»

«Natürlich sind sie das», brummte Wachtmeister Häbiger. «Oder glauben Sie etwa», mit diesen Worten wies er auf den schneebedeckten Boden, «die vielen Reifenspuren hat der Weihnachtsmann mit seinem Rentierschlitten hinterlassen?»

Herausfordernd blickte er die drei Räuber an: «Damit habe ich meinen Teil der Abmachung erfüllt. Jetzt, meine Herren, sind Sie an der Reihe!»

Während Wachtmeister Häbiger zusammen mit Fräulein Mondschein im Schutz einer großen Tanne stehen blieb, pirschten die Räuber sich in geduckter Haltung an das Burgportal heran. «Das hätte ich mir auch nicht träumen lassen», knurrte Toni, «dass wir drei eines Tages das Rettungsteam für zwei vertrottelte Polizisten sein würden.»

Vorsichtig rüttelten sie an dem versperrten Tor. «Edi, dein Einsatz», flüsterte Toni.

Edi Karpfenstein hatte bereits sein Bund mit Dietrichen aus der Tasche geholt. In Windeseile probierte er einen nach dem anderen aus.

«Das Schloss ist zu alt», stellte er schließlich mit ratloser Miene fest. «Da greift kein Dietrich. Was machen wir jetzt?»

Wie zur Antwort peitschten im gleichen Augenblick Schüsse durch den stillen Winterwald und die drei Räuber retteten sich mit einem Hechtsprung hinter den nächsten Baum. Von einem der Turmfenster aus hatten die Kuckucksbrüder das Feuer eröffnet.

«Hier kommt ihr nicht rein, Versager!», brüllte Kalle Kuckuck von oben herab. «Noch eine Stunde bis zum Glockenläuten, dann haben wir die Wette gewonnen. Habt ihr schon gepackt?»

Zur Untermalung dieser Worte schossen seine Brüder abermals. Die Pistolenkugeln prallten gegen den Baumstamm und lösten kleine Schneelawinen aus.

«Adiós, Schlauköpfchen», kicherte der kleine Kurti. «Diesmal findest du keine Lösung!»

Doch es gab eine Lösung – wenn sie auch nicht von Toni kam. Erstaunt konnten die drei Räuber beobachten, wie der alte Wachtmeister Häbiger und Rosalie Mondschein ein großes Holzgestell durch die Bäume heranschoben: Ein mächtiger

Baumstamm, vorne gefährlich zugespitzt, war mit biegsamen Ästen an Baumscheiben befestigt, die als Räder dienten.

«Keine fünf Minuten hat Fräulein Mondschein gebraucht, um diesen Rammbock zu konstruieren», berichtete Wachtmeister Häbiger den Räubern beeindruckt.

«Aber, aber», wehrte Rosalie Mondschein bescheiden ab, «das ist doch nicht der Rede wert. Guillotinen und Folterbänke sind viel komplizierter!»

«Dann also los!», kommandierte Toni. «Rennen wir ihnen die Bude ein!»

Vier Anläufe brauchten sie und bei jedem Stoß erzitterte die Burg in ihren Grundfesten. Die Kuckucksbrüder feuerten aus allen Rohren, doch der Rammbock bot Toni, Edi und Ludwig die perfekte Deckung. Beim vierten Ansturm zersplitterte das Burgtor mit einem schrecklichen Krachen und mit gezogenen Pistolen rannten die drei Räuber zur Turmstube hinauf.

Schnaufend gelangten sie oben an – nur, um wie angewurzelt stehen zu bleiben: Pistole gegen Pistole, Mann gegen Mann, Bande gegen Bande standen die sechs Räuber nun einander gegenüber. Keiner wagte mehr ein Wort oder eine Regung.

In diesem Augenblick richtete Kommissar Pillermeier die Antenne des Molliators auf das linke Turmfenster und drückte auf den Schalter:

Mit ungläubigem Erstaunen mussten die Kuckucksbrüder mit ansehen, wie die Läufe ihrer Pistolen plötzlich umknickten wie Gummischläuche.

Toni, Edi und Ludwig grölten bei dem Anblick vor Lachen. «Da sieht man's mal wieder», japste Toni. «Pistolen darf man nur im Fachgeschäft klauen. Edi, Ludwig, nehmt ihnen die Dinger ab!»

Doch Edi und Ludwig hatten sich noch nicht in Bewegung gesetzt, als die Pistolen der

Kuckucksräuber erzitterten und mit einem Mal wieder völlig intakt aussahen.

«Ich weiß nicht, Rudolf.» Stirnrunzelnd betrachtete Kommissar Pillermeier den Apparat, aus dem gerade eine Rauchwolke aufgestiegen war, «so ganz ausgereift scheint mir dieser Molliator noch nicht zu sein. Ich kann mich auch an keine Empfehlung im Polizeichefmagazin erinnern.»

Abermals starrte jeder der sechs Räuber in die Pistolenmündung seines Gegenübers. Die Luft knisterte vor Spannung.

«So», inzwischen hatte der Kommissar einige Drähte umgesteckt, «jetzt müsste er eigentlich wieder funktionieren.» Wieder richtete er die Antenne auf ein Turmfenster, diesmal das rechte, dann legte er den Schalter um. Im selben Augenblick ließen die Waffen von Toni, Edi und Ludwig die Läufe hängen wie verdurstende Topfpflanzen.

«Das gibt's doch nicht!» Fassungslos blickte Toni auf seine Pistole.

«Wohl auch im falschen Laden gewesen, Kollege», fragte Kalle Kuckuck voll Häme. «Los, Brüder, entwaffnet sie!»

«Herr Kommissar, woher weiß man denn, ob das Gerät auch wirklich funktioniert?» Neugierig beugte Assistent Flotthammer sich über den Molliator und blieb dabei versehentlich mit der Nase an einem der Drähte hängen. Abermals stieg eine Rauchwolke auf.

«Achtung, Leute!», rief Toni. «Die Knarren sind wieder hart!»

«Der Apparat hat einen Wackelkontakt», entschied der Kommissar, während er den Draht zurückbog. «Das Beste wird sein, wir lassen ihn einfach ruhig stehen.» Mit diesen Worten stellte er den Molliator auf einem Stein ab, die Antenne genau auf das linke Turmfenster gerichtet.

«Himmelherrgottnochmal!» Wütend schüttelte Kalle Kuckuck seine Waffe, die wie ein Geleebonbon wabbelte. «Das geht doch nicht mit rechten Dingen zu!» Gottserbärmlich fluchend warteten die drei Brüder darauf, dass ihre Gummipistolen wieder fest würden. Doch das Wunder blieb aus: Zähneknirschend mussten die Kuckucksräuber sich von Edi und Ludwig entwaffnen lassen.

«So, meine lieben Singvögelchen», sagte Toni. «Heraus mit der Sprache: Wo haltet ihr die Polizisten versteckt?» Aufmunternd bohrte er Konrad Kuckuck seine harte Pistole in die Magengrube.

«Wenn ihr so viel Wert auf die Polypen legt», erklärte Kalle Kuckuck trotzig, «dann sucht sie doch!»

«Warum sollten wir?», entgegnete Toni und richtete seine Waffe auf das Knie von Konrad Kuckuck. «Kniescheibenschießen macht viel mehr Spaß!»

Doch bevor er seine Drohung wahr machen konnte, tauchte Rudolf Flotthammer unter der Tür auf: wie Rambo persönlich behängt mit Maschinenpistole und Munitionsgürteln. Hinter ihm fuchtelte Kommissar Pillermeier drohend mit dem Molliator.

«Keiner rührt sich vom Fleck!», brüllte er. «Alle sind verhaftet!»

«Die Herren Kriminalspezialisten», sagte Toni erleichtert. «Was bin ich froh, Sie heil und gesund anzutreffen!»

«Die Freude wird dir gleich vergehen, Schurke!», knurrte der Kommissar und richtete die Antenne auf Toni, Edi und Ludwig.

«Warten Sie», rief Toni, «Sie machen einen schrecklichen

Fehler!» Doch es war zu spät: Schon hatten ihre Waffen sich in Geleebananen verwandelt.

Genau in diesem Augenblick schlugen die Kuckucksbrüder zu: Im Handumdrehen riss Konrad Kuckuck Kommissar Pillermeier den Molliator aus der Hand und warf ihn die Treppe hinunter. Gleichzeitig schnappte Kalle Kuckuck sich die Maschinenpistole, während der kleine Kurti Rudolf Flotthammer mit seinen eigenen Munitionsgurten fesselte. Und das alles, bevor der Kommissar auch nur «Rudolf» sagen konnte.

«Alle Mann auf den Boden legen!» Drohend hielt Kalle Kuckuck die Maschinenpistole auf sie gerichtet, und gehorsam legten sich Kommissar Pillermeier, Rudolf Flotthammer, Toni, Edi und Ludwig auf den Fußboden.

«Hab ich's doch gewusst, Herr Kommissar.» Assistent Flotthammer war den Tränen nahe. «Solche Waffen sind nichts für uns. Hätten wir doch bloß den Bumerang genommen!»

«Das nenne ich perfektes Timing», rief Kalle Kuckuck zufrieden. «Noch zehn Minuten bis zum Glockenläuten.»

«Freut euch schon mal auf den Umzug», sagte der kleine Kurti gehässig. «Dann kriegt ihr endlich neue Gardinen!»

«Und ihr auch», sagte eine Stimme von der Tür her. «Schwedische!»

Der alte Wachtmeister Häbiger und Fräulein Mondschein hielten den Molliator genau auf Kalle Kuckuck gerichtet. Der drückte noch immer den Abzug seiner nutzlos gewordenen Gummipistole, als Toni, Edi und Ludwig längst wieder auf den Beinen waren. Endgültig waffenlos fielen die sechs Räuber übereinander her: mit Fäusten und mit Zähnen. Und mit Geschenkpaketen, die sie sich gegenseitig um die Ohren schlugen.

«Und dafür habe ich nun die ganze Nacht geschuftet», zürnte der Kommissar abseits des Kampfgetümmels. «Alles umsonst. Diese Banausen!»

Wachtmeister Häbiger nestelte an den Munitionsgurten, mit

denen Rudolf noch immer gefesselt war. «Einen Augenblick Geduld», sagte er, «gleich können Sie mitkämpfen!»

Rudolf beobachtete gerade fasziniert, wie Konrad Kuckuck sich große Mühe gab, Ludwigs Dauerwelle im Ganzen von der Kopfhaut zu entfernen. «Wenn es Ihnen nichts ausmacht, Wachtmeister Häbiger», flüsterte er mit einem schnellen Blick auf seinen Chef, «lassen Sie mir die Gurte einfach noch eine Zeit lang dran.»

Die Kuckucksräuber kämpften wie Tiger, und eine Zeit lang sah es ganz so aus, als würden sie die Oberhand behalten. Erst als Rosalie Mondschein auf die Idee kam, Christstollen als Wurfgeschosse gegen sie einzusetzen, wendete sich das Blatt: Mit glasigen Augen begannen sie zu wanken, gingen in die

Knie und schließlich zu Boden. Und das keinen Augenblick zu früh: Schon hörte man vom Städtchen her die Weihnachtsglocken läuten.

«Freunde, die Wette ist zu Ende», sagte Toni erleichtert. Er zog ein zerknittertes Papier aus der Tasche, auf dem Rudolf Flotthammer mit Schaudern sieben blutrote Kreise erkannte.

«Alle Weihnachtsgeschenke sind in unserer Hand», erklärte Toni feierlich. «Also sind wir die Sieger der Wette. Stimmt ihr mir zu, Kuckuckspack?»

Wütend wollten die drei Kuckucksräuber auffahren, doch als Rosalie Mondschein drohend einen Christstollen schwang, besannen sie sich und nickten.

«Dann unterzeichnet den Kontrakt», verlangte Toni und hielt Kalle Kuckuck das Papier hin. «An der Stelle, wo ‹Verlierer› steht.»

Während die Kuckucksbrüder ihre Unterschriften aufs Papier krakelten und dabei aus den Augenwinkeln ängstlich zu Fräulein Mondschein schielten, wandte Toni sich an Wachtmeister Häbiger: «Okay, Wachtmeister – damit wären wir quitt.» Er machte eine weit ausholende Geste. «Kuckucksbande, Beute, Polizisten – gehört alles Ihnen. Und wir drei», er nickte Edi und Ludwig zu, «dürfen uns jetzt höflich verabschieden.»

Kommissar Pillermeier, der im Geist gerade die sechs Räuber an einer langen Kette im Triumphzug vor den Polizeioberrat führte, blinzelte ungläubig.

«Höre ich recht, Wachtmeister Häbiger?», fragte er streng. «Sie stecken mit den Gesetzlosen unter einer Decke?»

«Was hätte ich denn tun sollen», fragte der alte Wachtmeister achselzuckend, «wenn Sie sich einfach kidnappen lassen?»

«Jetzt sagen Sie nur noch, wir müssen die Schurken laufen lassen!», ächzte der Kommissar.

«Nur uns drei», grinste Ludwig. «Die Kuckucksbande dürfen Sie behalten.»

«Ungewöhnliche Probleme erfordern manchmal ungewöhnliche Lösungen», erklärte Toni lächelnd. «Aber keine Sorge, werter Kommissar: Wir bleiben gute Feinde. Versprochen!» Er gab seinen Kumpanen einen Wink. «Edi, Ludwig, holt die schönsten Knarren für uns aus dem Lager. Und packt Essen und Trinken ein, so viel ihr nur tragen könnt. Ach und Sie, verehrtes Fräulein», galant deutete Toni eine kleine Verbeugung an, «würden Sie bitte für einen Augenblick mit nach draußen kommen?»

«Was wollte er denn von Ihnen?», fragte Rudolf Flotthammer neugierig, als ein sichtlich verwirrtes Fräulein Mondschein zurückkehrte.

«Sie werden es nicht glauben», sagte Rosalie Mondschein, «die drei haben mir soeben die Ehrenmitgliedschaft in ihrer Räuberbande angeboten.» Lächelnd schüttelte sie den Kopf. «Ich habe natürlich dankend abgelehnt. Bevor ich unter die echten Räuber gehe, bleibe ich lieber bei meinen falschen Gruselgestalten.» Doch ein klein wenig schien sie ihre Entscheidung zu bedauern.

«Nur drei Räuber», grummelte Kommissar Pillermeier verdrossen. «Da springt höchstens das Kommissarsabzeichen in Silber heraus. Na ja, immerhin besser als gar nichts.» Dann kommandierte er: «Assistent Flotthammer, legen Sie den festgenommenen Subjekten Handschellen an und bringen Sie sie in die Zelle.»

«Jawohl», diensteifrig sprang Rudolf auf. «Ähm, Herr Kommissar», sagte er dann verlegen, «*welche* Handschellen und in *welche* Zelle?»

Problem Nummer eins war schnell gelöst, fanden sie doch im Waffensortiment Ballerschmidt Handschellen in allen Größen, Formen und Farben. Eine Arrestzelle jedoch gab es im ganzen Städtchen nicht – schließlich war dies die erste Festnahme seit über fünfzig Jahren.

«Wir könnten sie in unsere Teeküche sperren», schlug Assistent Flotthammer zögernd vor.

«Kommt nicht infrage, Rudolf», erklärte der Kommissar. «Es ist Weihnachten, und an Weihnachten brauche ich meinen Weihnachtstee. Ohne Kuckucksaroma!»

Nachdenklich kratzte er sich am Kinn. «Wie wäre es mit den Umkleidekabinen im Freibad? Oder der Panzerglasvitrine im Museum? Dem Löwenkäfig im Zoo?»

Doch Freibad, Museum und Zoo waren am Heiligabend geschlossen.

«Wissen Sie was, Rudolf», beschloss Kommissar Pillermeier, «bis uns etwas Besseres einfällt, binden wir die Banditen erst einmal an einen Baum. Sicher ist sicher!»

«Das sind ja Zustände wie im Wilden Westen!», empörte sich Kalle Kuckuck, während Assistent Flotthammer und Wachtmeister Häbiger die drei Kuckucksbrüder am Stamm einer mächtigen Tanne festzurrten. «Als Profiräuber haben wir ein Recht auf eine angemessene Zellenunterkunft. Wir werden uns beschweren!»

«Bei wem denn?», fragte Kommissar Pillermeier mit einem breiten Lächeln. «Vielleicht bei der Polizei?»

«Und keine Bange», ergänzte Wachtmeister Häbiger. «Mit Ihrer warmen Weihnachtsmannverkleidung wird es einige Zeit dauern, bis Sie frieren!»

In die Turmstube zurückgekehrt, deutete Rudolf auf die Geschenkeberge. «Und das», sagte er andächtig zu Wachtmeister Häbiger, «gehört jetzt alles Ihnen!»

«Wo denken Sie hin», erwiderte der alte Wachtmeister. «Mein lieber Herr Polizeiassistent, Sie werden sich jetzt sofort zur Polizeiwache begeben, den Telefonhörer zur Hand nehmen und alle Bewohner des Städtchens zur Weihnachtsfeier im Freien einladen.»

«Was für eine wunderbare Idee», rief Kommissar Pillermeier freudestrahlend. «Genau der richtige Rahmen für mein Weihnachtsgedicht!»

## Waldweihnacht

Es wurde für alle ein unvergessliches Erlebnis. Fräulein Mondschein hatte noch schnell lange Holztafeln gezimmert, an denen die Menschen unter dem sternklaren Himmel beisammensaßen und feierten. Dabei musste niemand frieren, denn das Bettengeschäft Driemer hatte für jedermann eine Wärmflasche gestiftet. Rund um die Burgruine schimmerte der Wald wie verzaubert im Schein der vielen hundert Kerzen, die Rudolf auf die Tannenzweige gesteckt hatte – nur den Baum mit den Kuckucksräubern hatte er dunkel gelassen. Und die Augen der Feiernden glänzten um die Wette mit den Kerzen beim Anblick all der Köstlichkeiten, die Wachtmeister Häbiger und Rosalie Mondschein herbeitrugen. Lachs und Kaviar, Schinken und Würste, Torten und Pralinen, Schokolade und Sahnebaisers wurden bis auf den letzten Krümel verputzt. Mochte der eine oder andere Geschäftsmann auch beim Verschwinden seiner teuren Spezialitäten schlucken – das Fest war viel zu schön, um Trübsal zu blasen.

Für wunderbare Weihnachtsstimmung sorgten auch die städtischen Chöre, die es sich nicht nehmen ließen, ihre Mitbürger mit einem ausgedehnten Weihnachtspotpourri zu erfreuen. Sämtliche Füchse im Wald jaulten andächtig mit und zwischen den Bäumen tauchten vereinzelt Hirsche auf, die den Chorgesang mit ihren Brunftschreien verwechselten.

Doch die friedliche Idylle wurde jäh unterbrochen, als Fernsehhändler Kabelreiß seinen mitgebrachten Fernseher – batteriebetrieben, neuestes Modell! – auf volle Lautstärke drehte.

«Alles mal herhören», rief er, «jeden Augenblick wird die Weihnachtsansprache von Königin Mathilde übertragen!»

Auf dem Bildschirm erschien, huldvoll lächelnd, das Gesicht der Königin. «Gesegnete Weihnachten, liebe Untertanen!» Mehr konnte man leider nicht verstehen, denn der Rest der königlichen Grußworte ging in einem merkwürdigen Störgeräusch unter.

Hektisch drehte Fernsehhändler Kabelreiß an den Knöpfen seines Fernsehers. «Hier draußen im Wald scheint der Empfang gestört zu sein», sagte er entschuldigend.

«Von wegen Empfang», flüsterte der Kommissar Rudolf zu. «Jede Wette, das sind die königlichen Dackel, die den Kameramann anknurren.»

Im nächsten Augenblick sah man am Bildschirm auch schon den Beweis für seine Worte: Das Bild kippte um, die Königin lag plötzlich quer, dann sah man nur noch rosige Hundeschnauzen und Zungen, die offensichtlich begeistert die Kameralinse abschleckten.

Nach einem kurzen Werbespot für Hundekuchen lächelte der Aufnahmeleiter in die Kamera: «Wegen einer technischen Panne müssen wir die Weihnachtsansprache der Königin leider ab… arrrgh …» Man sah, wie er verzweifelt versuchte, einen Dackel von seinem Daumen abzuschütteln. «Kamera aus! Autsch!!! Schnell!» Der Bildschirm wurde dunkel.

«Jedes Jahr – hicks – dasselbe Malheur!», lallte Herr Sternblau. «Was sollen nur – hicks – unsere Gäste vom Mars von uns denken?» Dabei lächelte er einer Gruppe von Büschen entschuldigend zu.

Nun war der richtige Augenblick für das Weihnachtsgedicht des Kommissars gekommen. Feierlich entrollte er eine ellenlange Papierrolle, dann begann er zu deklamieren:

*«Wer reitet so spät durch Nacht und Wind?»*

«Herr Kommissar, das kenne ich», unterbrach ihn Rudolf Flotthammer begeistert.

Über die Papierrolle hinweg warf der Kommissar seinem Assistenten einen strafenden Blick zu. «Rudolf, das können Sie gar nicht kennen. Schließlich habe ich es ganz frisch ersonnen!»

Er räusperte sich, dann begann er von vorn:

*«Wer reitet so spät durch Nacht und Wind?*
*Maria und Josef mit ihrem Kind.*
*Die beiden sind müde, der Sattel ist hart,*
*da springt aus dem Busch ein Räuber mit Bart.»*

An dieser Stelle machte der Kommissar eine dramatische Pause, bevor er fortfuhr:

*«Her mit dem Christkind!» Er droht mit dem Stock.*
*«Na, wird's bald!» Maria kriegt gleich einen Schock.*
*Und Josef, der feige Kerl, fackelt nicht lange,*
*kriecht unter sein Pferd und zittert recht bange.*

*Schon greift die schurkische Hand nach dem Kinde,*
*schon hört man Marias Klagen im Winde,*
*da kommt seines Weges, und es ist nicht gelogen,*
*ein tapferer Kommissar gezogen.*

*Ein kurzer Blick, ein Griff mit der Rechten:*
*Er hat ihn am Wickel, den Räuber, den schlechten.*
*«Was wolltest du mit dem Kindlein, sprich!»*
*«Geht dich nix an», knurrt der Wüterich.*

«Toll, Herr Kommissar», verkündete Rudolf strahlend. «Das kenne ich auch!»

«Psst!», tönte es von allen Seiten. Jeder lauschte ergriffen der spannenden Ballade vom tapferen Kriminalkommissar. Doch nach einer halben Stunde verfinsterten sich die Blicke allmählich, und eine weitere Viertelstunde später gab es eine unschöne Szene, als eine alte Dame dem Kommissar gewaltsam die Schriftrolle entreißen wollte. Der freundliche Apotheker Kampfer löste das Problem schließlich auf elegante Weise: Schnell und unauffällig ließ er eine Schachtel Ohrstöpsel kreisen, und so sah man binnen kurzem wieder überall heitere Mienen.

Wider Erwarten fand auch das Gedicht des Kommissars ein Ende, und man konnte zum heiß ersehnten Höhepunkt des Abends schreiten: zur Geschenketombola, bei der die Schätze aus der Diebesbeute verlost wurden. Wachtmeister Häbiger

und Fräulein Mondschein reichten Körbchen herum, aus denen sich jeder ein Los nehmen durfte. Als die Reihe an Kommissar Pillermeier kam, blickte er verstohlen nach rechts und links – um dann blitzschnell zwei Lose herauszunehmen.

«Das ist nur gerecht», raunte er Rudolf zu. «Schließlich habe *ich* Kopf und Kragen riskiert, damit es heute Abend überhaupt Geschenke gibt.»

Das war eine Bescherung! Sprachlos vor Entzücken betrachtete der reiche Bankier Rattenkuhn eine kanariengelbe Angoraunterhose, während Metzgermeister Reichleber nicht minder begeistert eine Mumie aus dem Gruselkabinett auspackte. Ein kleiner Junge übte eifrig mit seinem zwölfteiligen Messerwerferset, ein Mädchen ließ fröhlich den Bumerang über die Köpfe der Feiernden fliegen. Wachtmeister Häbiger umkreiste auf seinem neuen Surfbrett Fräulein Mondschein, während die einen

Hula-Hoop-Reifen um die Hüften tanzen ließ. Frau Direktor Jungstein sang zweistimmig mit ihrem Keramikwichtel, Juwelier Klunker freute sich unbändig über eine wasserdichte Taucheruhr aus eigenen Beständen und alle, alle waren glücklich und froh. So ein friedliches und fröhliches Weihnachtsfest hatte es noch nie gegeben!

Der Glücklichste von allen aber war Rudolf Flotthammer, hatte er doch tatsächlich den ferngesteuerten Lamborrari gewonnen. Vollkommen hingerissen kurvte er mit ihm im Slalom um die leeren Teller und vergaß alles um sich herum. Erst als die Batterien leer gefahren waren, fiel ihm der Kommissar wieder ein.

Mittlerweile war es spät geworden. Die Bewohner des Städtchens, ausgelassen wie selten, wünschten sich gegenseitig fröhliche Weihnachten und machten sich voll bepackt auf den

Heimweg. In dem allgemeinen Durcheinander konnte Rudolf seinen Chef nicht gleich finden. Erst nach einiger Zeit entdeckte er ihn in beträchtlicher Entfernung unter den Bäumen.

‹Wenn er so weitermacht›, dachte Rudolf Flotthammer besorgt, ‹verirrt er sich noch im Dunkeln!›

So schnell es der knietiefe Schnee zuließ, rannte er seinem Chef hinterher. «Herr Kommissar», rief er lauthals, «so bleiben Sie doch stehen!»

Doch Kommissar Pillermeier schien nicht zu hören, drehte sich nicht einmal um. «Herr Kommissar», sagte Rudolf noch einmal, als er ganz nahe herangekommen war, «was suchen Sie denn hier draußen? Wollen wir nicht lieber heimgehen und unsere Polizeiweihnacht feiern?»

«Gehen Sie ruhig schon vor, Rudolf», sagte Kommissar Pillermeier merkwürdig kurzatmig. Die Arme hielt er vor dem Bauch verschränkt. «Ich komme gleich nach!»

«Ist Ihnen nicht gut?», erkundigte Rudolf sich besorgt.

«Doch, doch», der Kommissar lächelte beruhigend und umklammerte dabei krampfhaft seinen Bauch. «Ich mache nur einen kleinen Abendspaziergang. Der Wald, der Sternenhimmel – einfach traumhaft!»

‹Irgendwie sieht er dicker aus als sonst›, dachte Rudolf. ‹Als ob er etwas unter seinem Mantel …› Auf einmal dämmerte es ihm.

«Chef», fragte er beiläufig, «was haben Sie eigentlich bei der Tombola gewonnen?»

«Ach, Kleinigkeiten», sagte Kommissar Pillermeier hastig, «nicht der Rede wert. Wollten Sie nicht schon mal vorausgehen?»

Doch da hatte Rudolf Flotthammer bereits den kleinen Ringelschwanz erspäht, der neckisch aus dem Mantelkragen des Kommissars hing.

«Achtung, Chef», rief er und tat dabei völlig ahnungslos,

«etwas hat sich unter Ihrem Mantel verkrochen! Schnell, holen Sie es raus!»

Kommissar Pillermeier wusste, wann er verloren hatte. Ergeben öffnete er die oberen Knöpfe seines Mantels, dann zog er den fetten Mops aus der Tierhandlung Kreuch hervor.

«*Den* haben Sie gewonnen?» Rudolf biss sich auf die Zunge, um nicht laut loszulachen. «Und was ist mit Ihrem zweiten Los?»

Die Frage hätte er sich sparen können, denn im gleichen Augenblick entdeckte er den gläsernen Kasten, den der Kommissar an den Bauch gedrückt hielt. Und diesen Kasten kannte er!

«Jetzt sagen Sie bloß, Sie haben neben dem Mops auch noch Elvira gewonnen!», rief er. «Das ist einfach unglaublich! Wollen Sie wissen, was ich gewonnen habe?»

«Was Sie gewonnen haben, Rudolf», entgegnete der Kommissar barsch, «interessiert mich nicht. Ich habe Probleme zu lösen. Zwei Probleme!»

Entschlossen klemmte er sich Mops und Glaskasten unter den Arm und wollte tiefer in den Wald hineinmarschieren.

«Was haben Sie vor?», fragte Rudolf beunruhigt. «Sie können die armen Tiere doch nicht einfach mitten in Eis und Schnee aussetzen. Sie würden die Nacht nicht überleben!»

«Assistent Flotthammer, ich tue nichts anderes, als diesen Tieren die ersehnte Freiheit zu schenken. Und wenn eines von ihnen zufällig nicht winterhart ist, kann ich das auch nicht ändern. Und nun kümmern Sie sich gefälligst um Ihre eigenen Angelegenheiten!»

Doch diesmal hatte der Kommissar sich verrechnet. Rudolf Flotthammer war ein gehorsamer Polizeiassistent, doch größer als sein Gehorsam war seine Tierliebe. Und sein Herz schlug für alle Tiere, um was für ausgesucht scheußliche Exemplare es sich auch handeln mochte. Der Blick, den er seinem Chef nun zuwarf, flammte vor Empörung und nicht einmal Kommissar Pillermeier wagte zu protestieren, als sein Assistent Mops und Mörderspinne hochhob und behutsam davontrug. Ins Warme. In die Sicherheit. In die Polizeiwache …

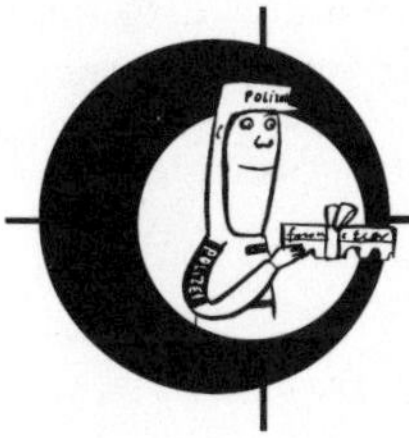

## Polizeiweihnacht

Im Polizeibüro stellte Assistent Flotthammer Elviras Glaskasten auf die Fensterbank und setzte den Mops daneben.

«Das wird ihm gefallen», sagte er mit einem Blick auf den träge blinzelnden Hund mit seinem goldenen Halsband. «Schließlich ist er an Schaufenster gewöhnt.»

Mit kaum verhohlener Missbilligung hatte Kommissar Pillermeier ihm zugesehen. «Wenn Sie Ihren Privatzoo untergebracht haben, Rudolf», sagte er jetzt spitz, «können wir vielleicht endlich unsere Polizeiweihnacht feiern – oder soll ich lieber draußen auf der Straße nach weiteren heimatlosen Tieren suchen, denen wir Asyl gewähren können?»

Assistent Flotthammer hielt dies durchaus für eine gute Idee, sagte aber nichts, sondern machte sich daran, einen großen Teller mit Zimtsternen und Butterplätzchen zu füllen.

«Über all den Aufregungen konnte ich nicht einmal einen Christbaum besorgen», bedauerte er. «Wo hängen wir nur Ihren schönen Baumschmuck auf, Herr Kommissar?» Er deutete auf die Miniaturblaulichter und die vergoldeten Pistolenkugeln.

«Warten Sie», sagte Kommissar Pillermeier nach kurzem Nachdenken und verschwand nach draußen. Es dauerte nicht lange, da kehrte er mit einem großen Tannenbaum zurück.

«Ein Prachtexemplar», sagte Rudolf bewundernd, während er die Blaulichter an den Zweigen befestigte. «Wo haben Sie den so schnell herbekommen?»

«Woher wohl?», fragte Kommissar Pillermeier. «Aus dem Stadtpark – da stehen die Dinger haufenweise herum. Übrigens habe ich das hier im Briefkasten gefunden.» Er hielt Rudolf ein kleines Päckchen vor die Nase.

«Was ist es denn?», fragte Assistent Flotthammer neugierig.

«Keine Ahnung», erwiderte der Kommissar und riss das Papier auf. Heraus fielen eine Weihnachtskarte, zwei Fotos – und eine Packung Klebepunkte.

«Der Polizeioberrat!» Kommissar Pillermeier wurde blass. «Das hat mir gerade noch gefehlt.»

Auf der Vorderseite der Karte lächelte in milder Verzückung ein Rauschgoldengel. Weniger mild war der Text auf der Rückseite.

Fröhliche Weihnachten allen Draculas und Galgenstricken!

«Woher weiß er denn das schon wieder?», stöhnte Kommissar Pillermeier.

«Daher», sagte Rudolf Flotthammer und zeigte auf die Fotos, die mit bestechender Schärfe Graf Dracula Pillermeier im Glassarg und die Leiche Rudolf am Galgen zeigten.

«Dieses verfluchte Räuberpack!» Der Kommissar ballte die Fäuste. «Rudolf, lesen Sie weiter!»

Kostümbälle und andere rauschende Feste haben Sie anscheinend den LÄNGST ÜBERFÄLLIGEN BERICHT AN MICH einfach vergessen lassen. Sollte ich nun nicht binnen drei Tagen Ihren Bericht auf dem Schreibtisch liegen haben, dürfen Sie die Packung Klebepunkte öffnen. Dann werden Sie einen Punkt nach dem anderen auf Ihren Unterarm kleben. Und dann werden Sie die Punkte zählen – falls Sie so weit zählen können.

«In einer Packung sind vierundzwanzig Punkte», sagte der Kommissar schreckensstarr. «Das wären zwei weitere Jahre Verbannung!»

Ich erwarte also zuverlässig Ihren Bericht. Mit den besten weihnachtlichen Segenswünschen verbleibt

Polizeioberrat Oberinspektor
Hugo Grantheimer

P. S. Ihre Pralinenschachtel habe ich gleich an den Polizeipräsidenten weitergereicht. Schließlich muss man seine Vorgesetzten doch bei Laune halten, nicht wahr?

Der Kommissar seufzte tief. «Dann werden wir wohl heute noch den Bericht schreiben müssen», sagte er. «Doch jetzt will ich endlich Weihnachten feiern – richtige Polizeiweihnachten.»

Und dann war wirklich Weihnachten auf der kleinen Polizeiwache – Weihnachten, wie es sich gehörte: Im Schein der blinkenden Blaulichter spiegelten sich die goldenen Pistolenkugeln und die Sträflinge von St. Quintin sangen voll Inbrunst «Stille Nacht, heilige Nacht». In der Teekanne in Polizeimützenform, die Rudolf extra aus dem hintersten Schrankwinkel hervorgekramt hatte, dampfte der Weihnachtstee, nach Rudolfs Spezialrezept mit Anis, Zimt, Orangenschalen, Walnüssen und einem Hauch gemahlener Christbaumspitze gebraut.

«Rudolf», verkündete Kommissar Pillermeier, nachdem er den ersten Plätzchenteller in Rekordgeschwindigkeit geleert hatte, «ich habe ein Geschenk für Sie.» Strahlend überreichte er seinem Assistenten ein granitgraues Päckchen.

«Grundkurs Telepathie» stand auf dem schmalen Büchlein, das Rudolf Flotthammer nun auswickelte. «Gedankenlesen in vier Wochen!»

«Stellen Sie sich vor», sagte der Kommissar begeistert, «wie viel Zeit wir sparen werden: Sie können mir jetzt meine Wünsche immer direkt von den Augen ablesen!»

«Schönen Dank auch, Herr Kommissar», sagte Rudolf gerührt und zauberte nun seinerseits ein Paket hervor. «Das ist für Sie!»

Der Kommissar riss das Papier auf. «Ein Eierkarton!», rief er hingerissen. «Der Gedankenlesekurs wirkt bereits! Assistent Flotthammer, Sie haben meinen größten Wunsch erraten: Jetzt steht dem neuen Lügendetektor nichts mehr im Wege.»

So tranken sie Tee, aßen Plätzchen und Rudolf arbeitete schon einmal die erste Lektion Gedankenlesen durch. Derweil saß Kommissar Pillermeier in seinem Lehnsessel, summte zusammen mit den Sträflingen und stieß ab und zu einen tiefen Seufzer des Wohlbehagens aus.

«Rudolf», sagte er, «wenn Sie fertig sind, kommen Sie zum Diktat. Ich bin genau in der richtigen Stimmung, um den Bericht an den Polizeioberrat zu verfassen.»

«Kleinen Augenblick noch, Herr Kommissar.» Assistent Flotthammer hielt den Kopf tief über den Gedankenlesekurs gebeugt.

Der Kommissar lehnte sich zurück und streckte die Beine aus. ‹Sämtliche Geschenke zurückgebracht, das Weihnachtsfest gerettet, ganz nebenbei drei Profiräuber zur Strecke gebracht – die Bilanz lässt sich sehen›, dachte er stolz. ‹Bestimmt feiern wir Silvester schon in unserem alten Büro im Polizeihochhaus ...› Bei diesen Gedanken wurde ihm warm ums Herz, und er schloss wohlig die Augen. ‹Eine kleine Beförderung wird wohl auch rausspringen›, malte er sich aus. ‹Endlich kann ich mir den elektronischen Verbrechensmelder leisten ... neueste Empfehlung im Polizeichefmagazin ... dann gibt es für die Schurken kein Pardon mehr ...›

Er konnte den blinkenden Verbrechensmelder förmlich vor sich sehen, wollte bereits nach ihm greifen – doch plötzlich stand, wie aus dem Boden gewachsen, Assistent Flotthammer vor seinem Sessel und blickte ihn mit ernster Miene an.

«Nun erschrecken Sie mich doch nicht so», sagte Kommissar Pillermeier vorwurfsvoll.

«Herr Kommissar», sagte Rudolf Flotthammer, «wissen Sie, was wir vergessen haben?»

«Nein, Rudolf.» Der Kommissar griff nach der Teekanne, um sich erneut einzugießen. «Was denn?»

«Die drei Räuber am Baum.»

Wie von der Tarantel gestochen fuhr Kommissar Pillermeier in die Höhe. Im nächsten Augenblick knallte die Teekanne auf den Boden und zerbrach in tausend Scherben.

«Was für eine unglaubliche Schlamperei!», brüllte der Kommissar. «Wie konnte das passieren!»

«Na ja», Rudolf Flotthammer wand sich verlegen, «die schöne Feier, das leckere Essen, Ihr Gedicht, dann die Geschenke – so hat eben keiner mehr an die Verhafteten gedacht.»

Fassungslos schüttelte Kommissar Pillermeier den Kopf. «Wir können sie nicht da draußen lassen», sagte er ärgerlich. «Die Burschen bringen es tatsächlich fertig, sich über schlechte Haftbedingungen zu beschweren. Außerdem», und jetzt nahm seine Stimme einen besorgten Unterton an, «ist es heute Nacht bitterkalt.»

«Wie wäre es, wenn wir die Schurken in unsere Garage sperren?», schlug Rudolf vor. «Die steht ohnehin leer.»

Schweren Herzens schlüpften sie also erneut in ihre grünen Overalls.

Die zwei Kilometer zur Burgruine rannten sie mehr, als dass sie liefen, und als die große Tanne in ihr Blickfeld kam, atmete Kommissar Pillermeier erleichtert auf. «Sie sind noch da, Rudolf», wisperte er und deutete auf die drei Gestalten in ihrer Weihnachtsmannverkleidung, die regungslos am Baumstamm standen.

«He, ihr Banditen!», rief er laut. «Bestimmt habt ihr schon geglaubt, wir hätten euch vergessen! Aber Kommissar Pillermeier vergisst niemals!» Er zog seine Pistole. «Macht bloß keine Dummheiten, wenn wir euch jetzt losbinden.»

Auf seinen Wink hin machte Assistent Flotthammer sich daran, die Stricke zu lösen; doch kaum hatte er einen der Räuber angerührt, als er vor Schreck einen großen Satz rückwärts machte. «Herr Kommissar», sagte er mit bebender Stimme, «ich glaube, die verhafteten Personen sind tiefgefroren.»

Und das waren sie in der Tat: Still und starr standen die Kuckucksräuber da. Auch, nachdem sie von den Fesseln befreit waren.

«Was machen wir nur mit ihnen?», fragte Assistent Flotthammer ratlos.

«Auftauen», beschloss der Kommissar.

Mit vereinten Kräften trugen beide Polizisten einen steifgefrorenen Räuber nach dem anderen hoch in die Turmstube und legten sie nebeneinander auf den Boden.

«Unsere Polizeiweihnacht habe ich mir auch anders vorgestellt», knurrte Kommissar Pillermeier, als sie sich auf den wohl vertrauten harten Stühlen niederließen.

«Sehen Sie doch, Herr Kommissar», sagte Rudolf aufgeregt, «da tut sich schon was!»

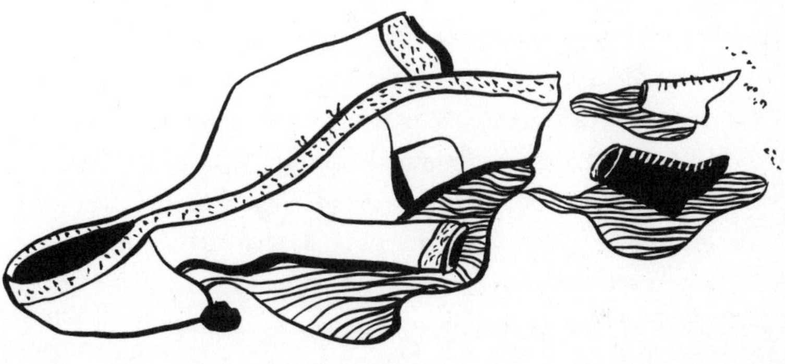

Tatsächlich hatten sich unter den Kuckucksbrüdern kleine Wasserrinnsale gebildet.

«Die Schurken tauen auf», sagte der Kommissar hoffnungsfroh. «Es kann nicht mehr lange dauern, bis sie wieder zu sich kommen.»

Allmählich wurden aus den Rinnsalen große Wasserlachen.

«Assistent Flotthammer», befahl der Kommissar nervös, «überprüfen Sie, ob die Hautdurchblutung sich schon normalisiert hat.»

Als Rudolf Flotthammer sich über die Räuber beugte, riss er entsetzt die Augen auf. «D... die zerfließen, Herr Kommissar!», stammelte er. «Der ... der Erste ist schon verschwunden!»

Im nächsten Augenblick kniete Kommissar Pillermeier neben seinem Assistenten und tastete den leeren Weihnachtsmannmantel ab. «Diese Erzganoven!», wetterte er. «Diese Mistkerle! Diese Schweinehunde!»

«Aber Herr Kommissar», Rudolf hatte Tränen in den Augen, «wie können Sie so etwas sagen – wo die Ärmsten sich gerade vor unseren Augen auflösen.»

«Auflösen, dass ich nicht lache», rief der Kommissar erbost. «Die sind getürmt! Und haben vorher noch schnell drei Schneemänner in ihre Verkleidung gesteckt. Elendes Räuberpack!»

Rudolf Flotthammer fiel ein Stein vom Herzen. «Da bin ich aber froh, Herr Kommissar», beteuerte er. «Stellen Sie sich vor, wir hätten die drei Räuber in Flaschen abfüllen müssen!»

«Na und?», meinte der Kommissar verbittert. «Zugekorkt und mit Schmucketikett versehen, hätten sie noch immer ein schönes Präsent für den Polizeioberrat abgegeben. Aber so», er hob die leeren Hände, «nichts!»

In gedrückter Stimmung machten sie sich auf den Heimweg. «Hoffentlich», sagte Rudolf Flotthammer kurz vor der Polizeiwache, «sind die Burschen wenigstens auf Nimmerwiedersehen verschwunden. Sonst steht uns an Ostern das nächste Wettplündern ins Haus!»

«Die sollen es nur wagen, hier noch einmal aufzutauchen», knurrte Kommissar Pillermeier. «Nichts als Ärger machen und am Ende die Frechheit besitzen, einfach zu türmen: Die Räuber von heute haben keinen Benimm mehr!»

Inzwischen waren sie zu Hause angelangt. Still und traulich lag die Polizeiwache unter ihrer Schneehaube vor ihnen. Durch das Fenster konnten sie die Blaulichter am Weihnachtsbaum blinken sehen.

«Den Bericht an den Polizeioberrat verschieben wir auf morgen», beschloss der Kommissar, als er die Tür öffnete. «Heute verkrafte ich keine Aufregungen mehr.»

Noch im Dunkeln zogen beide Polizisten ihre Overalls aus, dann drückte Rudolf auf den Lichtschalter.

«Wie schön, dass ihr endlich da seid, Polypen.» Kalle Kuckuck saß im Lehnstuhl des Kommissars und hielt die Pistole auf sie gerichtet. «Wir haben schon auf euch gewartet.»

«Wir wollten doch zusammen Weihnachten feiern», sagte Konrad Kuckuck fröhlich. «Habt ihr wohl ganz vergessen!»

Der kleine Kurti Kuckuck hielt Elviras Glaskasten in der Hand. «Wo unsere Süße hier doch so großen Hunger hat!»

Ohne Vorwarnung sprangen Kalle und Konrad Kuckuck den Kommissar an, warfen ihn zu Boden und hielten ihn fest. Dann kippte der kleine Kurti in Zeitlupe den Glaskasten über ihm aus. Die Mörderspinne plumpste heraus und verkrallte sich in die Schulter des Kommissars.

«Weg mit dir!», stöhnte Kommissar Pillermeier und versuchte verzweifelt, die Spinne abzustreifen. «Ich lass mich nicht fressen! Hau ab!»

«Aber Herr Kommissar», sagte die Spinne, «wachen Sie auf! Sie träumen!» Seltsamerweise sprach sie mit Rudolfs Stimme.

Vorsichtig öffnete Kommissar Pillermeier ein Auge. Zu seinem größten Erstaunen saß er in seinem Lehnsessel. Assistent Flotthammer hatte ihm die Hand auf die Schulter gelegt.

«Die Kuckucksbrüder!», krächzte der Kommissar. «Rudolf, wir haben sie vergessen ... dort draußen am Baum ...»

«Was reden Sie denn da, Herr Kommissar?», fragte Assistent Flotthammer verwundert. «Wachtmeister Häbiger und ich haben die Räuber ordnungsgemäß abtransportiert und eingesperrt.»

«Aber sie waren tiefgefroren», erinnerte sich Kommissar Pillermeier verwirrt. «Und beim Auftauen haben sie sich aufgelöst, das heißt, sie waren vorher schon getürmt ... und dann haben sie Elvira auf mich losgelassen ... es war grauenvoll!»

«Da haben Sie ja einen schönen Unfug zusammengeträumt», sagte Rudolf Flotthammer. «Keine Sorge, Herr Kommissar: Die Kuckucksbrüder sitzen in Wachtmeister Häbigers Heizungskeller, haben es warm und trocken und kommen garantiert nicht raus!»

«Ein Traum ...» Ganz langsam kehrten die Lebensgeister des Kommissars zurück. «Und Elvira sitzt nach wie vor in ihrem Kasten?», fragte er ängstlich. Selbst nach der Mörderspinne zu sehen, wagte er nicht.

«Selbstverständlich», erwiderte Rudolf und warf einen schnellen Blick zur Fensterbank. Dann erstarrte er.

«Sie ist fort», flüsterte Kommissar Pillermeier. «Habe ich Recht?»

«Nein, Herr Kommissar», antwortete Rudolf Flotthammer langsam. «Die Spinne ist da.» Unverwandt starrte er auf die Fensterbank. «Er ist fort.»

«Wer?», fragte der Kommissar verständnislos.

«Der Mops.»

Nun riskierte auch Kommissar Pillermeier einen Blick zur Fensterbank: Einsam lag ein goldenes Halsband neben Elviras Glaskasten.

«Wohin kann er nur verschwunden sein?» Hektisch begann Rudolf, unter Tischen und Schränken zu suchen.

Nachdenklich betrachtete Kommissar Pillermeier Elvira in ihrem Glaskasten: Zum ersten Mal, seit er sie kannte, wirkte sie satt und zufrieden.

«Na dann», nickte er der Spinne zu. «Fröhliche Weihnachten!»

## Roald Dahl bei rororo Rotfuchs

**Hexen hexen**
(20587 / 10 Jahre)
Im Märchen haben Hexen immer alberne schwarze Hüte auf, tragen schwarze Umhänge und reiten auf dem Besen. Diese Geschichte ist jedoch kein Märchen. Sie handelt von echten Hexen ...echte Hexen sehen wie ganz normale Frauen aus und sie wohnen in ganz normalen Häusern. Deshalb ist es so schwer, sie zu erwischen.

**Sophiechen und der Riese**
(20582 / ab 8 Jahre)
Und dann war er da! Acht Meter groß. Seinen schwarzen Umhang trug er so elegant wie ein vornehmer Herr. Die dünne Trompete hatte er immer noch in der Hand.
Die Zofe kreischte.
Die Königin seufzte.
Und Sophiechen winkte.
Ausgezeichnet mit dem Deutschen Jugendliteraturpreis.

**Die Giraffe, der Peli und ich**
*Mit Illustrationen von Quentin Blake*
(21148 / ab 8 Jahre)
Eine witzige, phantasievolle Geschichte über die neuen Inhaber des wunderbaren Süßigkeitenladens: Giraffe, Pelikan und Äffchen. Und eine Krimigeschichte noch dazu!

Weitere Informationen in der *Rowohlt Revue*, im *Rotfuchs Schnüffelbuch*, kostenlos im Buchhandel, und im *Internet: www.rororo.de*

*Roald Dahl bei rororo Rotfuchs*

**Matilda**
(20855 und 21182 / ab 8 Jahre)
Matilda ist ein Wunderkind, verständig und blitzgescheit. Ihr Verstand ist so hell und scharf, dass es selbst den beschränktesten Eltern auffallen müsste. Aber weder die noch die Lehrer erkennen das Außergewöhnliche an ihr. Der kleine Schlaukopf sinnt auf Rache. Wenn man schon übersinnliche Kräfte hat, warum sollte man sie nicht auch nutzen?

**Sophiechen und der Riese Theaterstücke**
(20798 / ab 9 Jahre)

**James und der Riesenpfirsich**
(21183 / ab 5 Jahre)

**Danny
Oder: Die Fasanenjagd**
(21184 / ab 11 Jahre)

**Das Wundermittel**
(21185 / ab 6 Jahre)

**Der Zauberfinger**
(20422 / ab 6 Jahre)

**Die Zwicks stehen Kopf**
(20609 / ab 8 Jahre)
Wer wie die bitterbösen Zwicks Spagetti mit Regenwürmern verfeinert oder Frösche unter Kopfkissen schiebt, der muss sich nicht wundern, wenn die Rache naht ...

**Der fantastische Mister Fox**
(20615 / ab 6 Jahre)

**Charlie und die Schokoladenfabrik**
(20778 / ab 7 Jahre)
Das Willy-Wonka-Schokoladenland beweist es: Es gibt ein Schlaraffenland! Köstlich ist die Schokolade, die hier hergestellt wird. Könige und Kinder aus aller Welt sind hier Kunden. Es gibt aber noch viel mehr: Leucht-Lutscher für die Nacht, Erdbeersaft-Wasserpistolen, Karamellen für Zahnlöcher oder Zungenleim für geschwätzige Eltern

**Charlie und der große gläserne Fahrstuhl**
(20854 / ab 8 Jahre)
Der famose Erfinder Willy Wonka hat sein neuestes Meisterwerk konstruiert: einen großen, gläsernen Fahrstuhl, mit dem kann man nicht nur hoch- und runterfahren, sondern auch vorwärts, schrägwärts und raketenschnell himmelwärts. Charlie kreist wie verrückt durchs All.

Lilli Thal
**Kommissar Pillermeier**
(21158)
Kommissar Pillermeier und sein Assistent Rudolf Flotthammer sind die Krönung der organisierten Verbrechensbekämpfung – Ein wunderbarer Krimispaß mit einem Heldenpaar, das den Vergleich mit «Dick und Doof» nicht zu scheuen braucht.

Roald Dahl
**Matilda**
(21182 / ab Dez. 2001)
Der Kinderbuchklassiker als einmalige Sonderausgabe – Matilda entdeckt, dass sie nicht nur ein Wunderkind mit scharfen Verstand ist, sondern auch über übersinnliche Kräfte verfügt.
«Eine Liebeserklärung an das Reich der Phantasie.»
*Abendjournal*

Angela Sommer-Bodenburg
**Der kleine Vampir**
(21157)
Der Klassiker von Angela Sommer-Bodenburg als Geschenkband.
Anton ist ein echter Vampir-Fan. Bis eines Tages ein echter Vampir, Rüdiger von Schlotterstein, auf seinem Fensterbrett sitzt. Zusammen mit seiner freundlichen Schwester Anna bringt er Antons Leben ganz schön durcheinander!

*rororo Rotfuchs*

Antje von Stemm
**Fräulein Pop und Mrs. Up** *und ihre große Reise durchs Papierland*
*Ein Pop-up-Buch zum Selberbasteln*
(20963)
«Ach bitte, bitte schneide mich aus», flüstert Fräulein Pop der Schere zu, und SCHNIPP-SCHNAPP-PAPPE-LA-PAPP springt sie als Klappfigur aus dem Buch. Mit ihrer Freundin Mrs. Up geht es auf Reisen in die Papierwelt.
Der Clou: Befolgt der Leser die leicht verständlichen Bastelanweisungen, besitzt er am Ende ein voll funktionsfähiges Pop-up-Buch. Frech, witzig, dreidimensional!

Antje von Stemm ist die einzige in Deutschland lebende «Papieringenieurin». Nach zahlreichen in den USA veröffentlichten Pop-up-Büchern ist dies ihre erste Veröffentlichung hierzulande.

3735/2